愛經典

閱讀經典，成為更好的自己。

莫羅博士島

The Island of Dr. Moreau

Herbert George Wells
赫伯特・喬治・威爾斯 著
陳胤全 譯

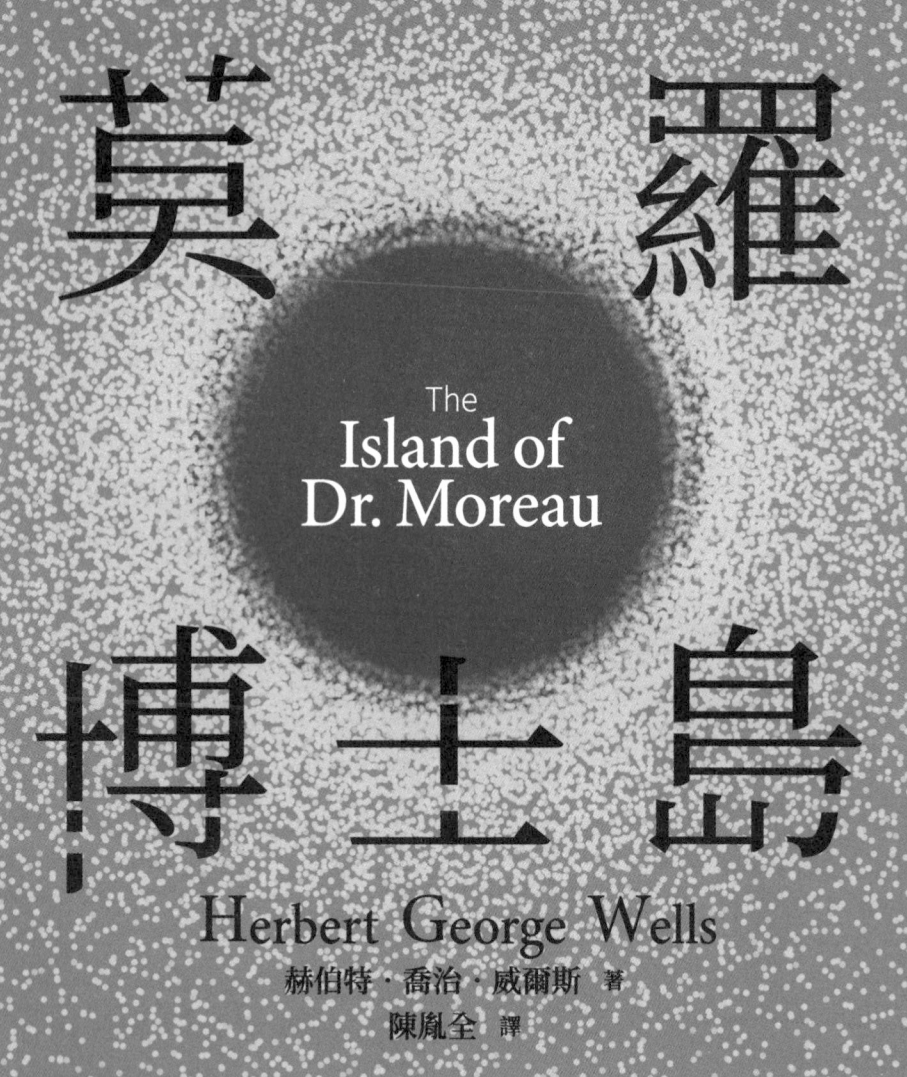

緣起

愛經典

卡爾維諾說：「『經典』即是具影響力的作品，在我們的想像中留下痕跡，並藏在潛意識中。正因『經典』有這種影響力，我們更要撥時間閱讀，接受『經典』為我們帶來的改變。」因為經典作品具有這樣無窮的魅力，時報出版公司特別引進大星文化公司的「作家榜經典文庫」，期能為臺灣的經典閱讀提供另一選擇。

作家榜經典文庫從二〇一七年起至今，已出版超過一百本，迅速累積良好口碑，不斷榮登各大暢銷榜，總銷量突破一千萬冊，本書系的作者都經過時代淬鍊，其作品雋永，意義深遠；所選擇的譯者，多為優秀的詩人、作家，因此譯文流暢，讀來如同原創作品般通順，沒有隔閡；而且時報在臺推出時，每部作品皆以精裝裝幀，質感更佳，是讀者想要閱讀與收藏經典時的首選。

現在開始讀經典，成為更好的自己。

目次

引子

一八八七年二月一日，在南緯一度、西經一〇七度附近，「凡恩女爵號」與一艘棄船相撞後失聯了。

一八八八年一月五日，也就是十一個月零四天後，我的叔叔愛德華·普倫迪克在南緯五度三分、西經一〇一度獲救。

我的叔叔是一名低調的紳士，他的確在卡亞俄[1]登上了「凡恩女爵號」。意外發生後，大家都以為他已葬身大海。被搭救時，他正隨一艘小船漂流，雖然小船的名字難以辨讀，人家卻認出它屬於失蹤的縱帆船「吐根號」。他講述的經歷太過離奇，大家都

1 卡亞俄（Callao），祕魯港口。——譯者注，下同。標有「原文注」除外。

覺得他精神錯亂了。後來，他又聲稱，從凡恩女爵號逃生之後，他的記憶就完全一片空白。此事引起了心理學界的廣泛討論，被認為是一種由生理和心理壓力引發失憶的罕見病例。

後文的記述，來自有他落款的手稿。我，也就是他的侄子、繼承人，發現了這些手稿，但當中並沒有提及想要發表的意願。

在我叔叔獲救的區域，只有一座無人居住的小火山島，名叫「貴族島」。一八九一年，「皇家蠍子號」在那裡靠岸，一群水手上岸，沒有發現任何居民，只看到一些奇異的白蛾、幾隻野豬和兔子，還有一些長相非常奇特的老鼠。由此說來，本文最核心的部分，其實缺乏重要的細節佐證。既然說明了這一點，將這樣離奇的故事公之於眾似乎也無妨。況且，我叔叔既然已經寫下了這段經歷，我想他也不會反對。

話雖如此，本文倒有一些確鑿的事實：我的叔叔在南緯五度、東經一〇五度失去意識，十一個月後，又重新出現在了大洋的同一處地方。這期間，他必定採用某種方式生存了下來。一八八七年一月，酒鬼約翰．戴維斯掌舵的「吐根號」從非洲起航時，的確帶上了一隻美洲獅和其他幾隻動物。南太平洋的幾大港口有不少人知道這艘船。一八八七年十二月，輪船從貝納出發，這個日期和我叔叔的記述完全一致，但在這之後，輪船的行蹤便無人知曉，它滿載乾椰子，消失在了茫茫大海之中。

查理斯・愛德華・普倫迪克

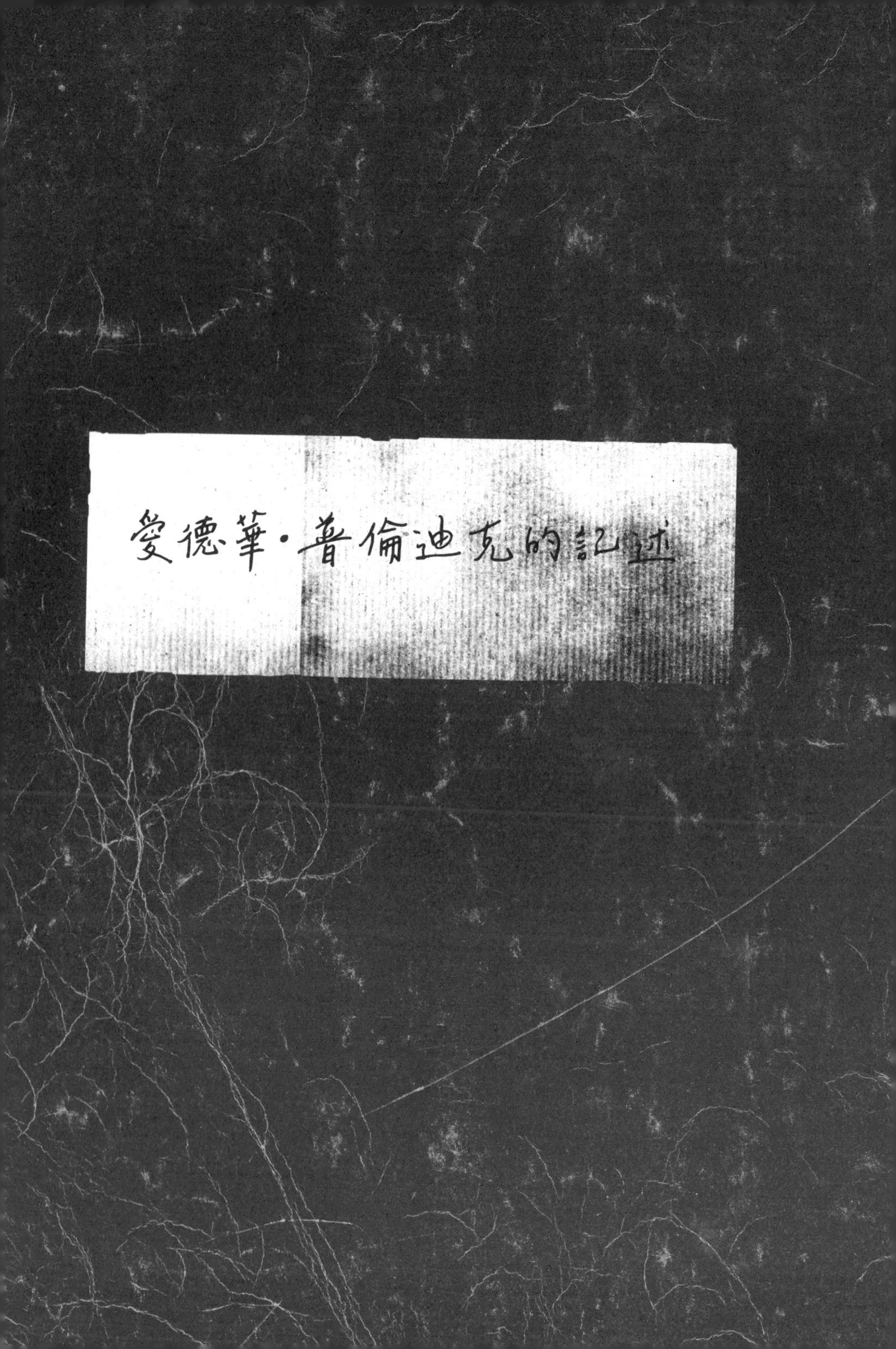
愛德華·普倫迪克的記述

第一章
在「凡恩女爵號」的小船上

關於「凡恩女爵號」失蹤一事，我無意贅述。眾所周知，這艘船在駛出卡亞俄十天後，與一艘棄船相撞。十八天後，載著七名船員的長艇被炮艦「桃金娘號」搭救。他們的悲慘經歷，與更為慘烈的「美杜莎號」海難[1]一樣家喻戶曉。但我要講述的故事同樣恐怖，甚至更為離奇，這件事在「凡恩女爵號」公開的種種記述中並沒有提到過。迄今為止，世人以為另一艘小船上的四個人都已遇難，其實不然。我敢如此斷言，是因為我有最有力的證據：我便是那四個人之一。

但首先，我要澄清一點，小船裡從來都沒有四個人，只有三個。「船長目睹躍入船中」[2]的康斯坦斯其實沒能上船。那是他的不幸，卻是我們的幸運。船首的桅杆折斷，支索將他纏住了。當他正要掙脫出來的時候，一根細繩纏住了他的腳後跟。他頭朝下倒掛了一會兒，掉了下來，撞上了漂在水中的滑輪或是一截桅杆。我們朝他划去，但他再也沒有露出水面。

他沒能上船，真是我們的幸運。甚至可以說，他也是幸運的。因為警報來得太突然，我們對災難毫無準備——小船上只有一小桶水和一些泡爛的餅乾。本來我們以為長艇上的物資更為充足（**但似乎也沒有多少**），所以我們努力向他們呼救，但他們不可能聽得見。第二天過了正午，細雨才散去，長艇已不見蹤影。小船一直顛簸，我們沒法站起來觀察周圍。船上另外兩人，一個叫海爾默，跟我一樣是乘客；另一個是水手，名字我叫不出來，說話結巴，個子不高但十分結實。

我們飢腸轆轆地在海上漂著，水喝完後，又被難以忍受的口渴折磨，一共熬過了八天。從第二天開始，海就漸漸安寧，像鏡子一般平靜。一個普通的讀者無法想像那八天，因為他的記憶中沒有可以藉以想像的畫面，這是多麼幸運。過了一天，我們就很少交談

1 「美杜莎號」是法國拿破崙時代的軍艦，一八一六年在非洲西海岸觸礁沉沒。一百多名船員靠簡易的木筏在海上漂流，最後只有十幾人生還。

2 《每日新聞》，一八八七年三月十七日。（原文注）

了，只是躺在小船裡，盯著，或者說是無力地望著地平線，眼睛越來越大，眼神越來越憔悴。痛苦和虛弱蠶食著我們。

陽光日益無情。第四天，水喝完了，我們已經冒出了一些奇怪的想法，卻只能用眼神表達。應該是第六天吧，海爾默才開口說了我們都在想的事情。我記得我們的聲音沙啞微弱，只能弓起身子，湊近一點，盡量少說幾個字。我竭力反對他的提議，恨不得弄沉船隻，給跟了一路的鯊魚填肚子。但海爾默說，如果大家都同意他的提議，我們就會有喝的了。最後，水手同意了。

我無論如何都不肯抽籤。晚上，水手一直在跟海爾默竊竊私語。我坐在船頭，手裡攥著折疊刀，但我也懷疑自己是否有勇氣跟他們拚命。第二天早上，我同意了海爾默的提議。我們掏出一枚半便士硬幣，來決定誰將犧牲。水手中籤，但他是我們當中最強壯的，所以他臨時變卦，突然伸出雙手襲擊了海爾默。兩人扭打在一起，幾乎站了起來。我貼著船爬過去，想抓住水手的一條腿來幫海爾默一把。但船搖搖晃晃，水手一個踉蹌，兩人一起摔在了船沿上，跌入水中，像石頭一樣沉了下去。

我記得自己一邊大笑，一邊又在想為什麼會笑。笑意似乎是一個外來的東西，將我占領。

我在一塊橫座板上，不知道躺了多久。但凡我有一絲力氣，都會去喝海水，讓自己發瘋後一死了之。儘管我躺著，還是能看見天邊有一方帆影迎面而來。但我沒有絲毫興奮，彷彿只是在觀賞一幅畫。那時我的心思必然已經渙散，但我仍然清清楚楚地記得發生的一切。我記得，我的頭是如何隨著海浪顛簸的，托著帆影的天際線又是如何上下浮動的；但我同樣清楚地記得，當時的我確信自己已經死了，還在想，救命的人差了這麼點時間，沒趕上，真是好笑。

我躺在船頭，望著帆船（那是一艘小船，風帆前後縱向安置）從海中浮現，越來越近，好像永遠會這樣下去。帆船逆風駛來，調向的幅度很大。我根本沒有想要吸引帆船注意的念頭，在看見了船舷之後，就什麼也不記得了。等我恢復了意識後，發現自己躺在船尾的小艙裡。我模模糊糊地記得自己被抬上舷梯。高處的舷牆上，一張滿是雀斑的大紅臉盯著我，臉周圍環繞著紅色頭髮和絡腮鬍。我的記憶裡還有一些零碎的印象：一張深色的臉，眼睛大得出奇，湊在我的眼睛前。我起初以為那只是噩夢，直到我後來再次遇見那張臉。我記得，好像唇齒間被灌進了什麼東西。除此之外，我什麼也不記得了。

第二章
去往無名之地的人

我醒來後，發現自己在一個又小又髒的船艙裡。一個年輕男子坐在我身邊，抓著我的手腕。他的頭髮是亞麻色，淺黃色的鬍子又短又硬，下唇往下垂著。我們盯著對方看了一分鐘，一句話也沒說。他的眼睛是淺灰色的，空洞無神，很是奇怪。忽然，頭頂傳來一聲似乎是鐵床架被撞翻的聲音，還有某種大型動物憤怒的低吼。這時，男子開口說話了。他把問題重複了一遍：「你感覺怎麼樣了？」

我好像說感覺還好。我完全記不起自己是怎麼到那裡的。他一定是從我的神情中猜出了我想問什麼，因為我的聲音小得連自己也聽不見。

「我們把你從一艘小船裡救上來了，你就快餓死了。小船名字是『凡恩女爵號』。船沿上有些血跡。」

這時我看到了自己的手，枯瘦得像一個骯髒的皮手袋，裡面塞滿了骨頭。小船上發生的事，忽然湧回了腦海。

「喝點這個吧。」他說著，遞給我一杯猩紅色的冰飲料。味道像血。喝完後我有了一些力氣。

「是你運氣好，」他說：「被一艘有醫生的船救了。」他說話時嘴裡像含著水，口齒不是很清晰。

「這是什麼船？」我一字一字地問道，因為很久沒說話，聲音嘶啞。

「小商船，從阿里卡[1]、卡亞俄來。我沒問過這艘船最初從哪裡起航，我猜是個出笨蛋的地方吧。我只是個乘客，從阿里卡登船。愚蠢的船主，也是船長，名叫戴維斯，他好像丟了許可證之類的東西。你知道這種人的。有那麼多該死的名字給他挑，他居然叫這艘船『吐根號』。話說回來，在沒有風只能隨海浪顛簸的時候，這船還挺催吐的。」

（頭頂上又傳來一陣騷動，動物齜牙咧嘴的咆哮聲和人的聲音交雜在一起。然後有

1 阿里卡（Arica），智利北部港口。

人叫另一個人「笨蛋」，叫他快住手。）

「你差點就死了，」跟我聊天的人說：「真的就差那麼一點。不過我已經給你用了點藥。手臂有沒有感到酸痛？我剛給你打了一針。你失去意識快一天又六小時了。」

我吃力地想著。（很多隻狗的大叫聲讓我分了心。）「我能吃固體的食物嗎？」我問。

「你該感謝我，」他說：「我甚至還煮了羊肉。」

「好，」我安心了一些，「我應該可以吃點羊肉。」

「但是，」他說，遲疑了片刻，「你知道，我非常想聽你說一說，你怎麼會一個人隨著小船漂流的。啊，吵死了這叫聲！」我好像在他的眼睛裡看到了一絲懷疑。

他突然走出了船艙。我聽見他跟某個人吵得很凶，在我聽來，另一個人說的都是些胡言亂語。爭辯似乎在拳腳中結束了，但我想也可能是我聽錯了。然後他朝著狗喊了幾聲，回到船艙裡。

「嗯？」他站在艙門邊說：「你剛剛好像正要跟我說你的故事。」

我告訴他我的名字是愛德華・普倫迪克，我講了我如何喜歡上博物學，從而擺脫了財富自由後優閒卻無聊的生活。

他對此好像很感興趣。「我也碰過一點科學。我在倫敦大學學院念過生物學，取蚯蚓的卵巢、蝸牛的舌齒之類的，都做過。天啊！那已經是十年前了。你說！你接著說！跟我說說船的事情。」

看得出來，他對我的坦誠很滿意。但因為實在沒有力氣，我盡量長話短說。我講完的時候，他很快把話題轉回到博物學上，以及他自己做過的生物研究。他又開始追問托特納姆宮路和高爾街[2]的近況。「凱普拉齊的人還是那麼多嗎？真是個大商店啊！」他顯然只是個普通的醫學生。然後他又毫不客氣地把話題岔到了倫敦的音樂廳，跟我說了一些軼事。

「後來就跟這一切告別了，」他說：「十年前。那時候真開心啊！但確實也是個傻不拉幾的毛頭小子，二十一歲之前總遊手好閒。我猜如今一切都變了……我得去看看那

2 托特納姆宮路（Tottenham Court Road）和高爾街（Gower Street），都為倫敦的街道，倫敦大學學院的建築多坐落於此。

個廚子了，去看看你的羊肉做得怎麼樣了。」

忽然，頭頂又響起了號叫聲，突如其來，是那麼凶殘、憤怒，我被嚇了一跳。「那是什麼？」我在他背後問道，但門已經關上了。他再次回到船艙裡的時候，帶著煮好的羊肉，誘人的香味讓我精神了不少，我暫時忘了那令我心煩的野獸叫聲。

我吃完了睡，睡醒了吃，就這樣過了一天，已經恢復到有力氣從床鋪走到船艙的窗邊，看碧綠的海水追著我們。我判斷船應是順風而行。我站在窗邊時，蒙哥馬利——就是那個亞麻色頭髮的男子——又進來了。我在小船裡穿的衣服已經被丟下了海，所以向他要了一些衣物，他借給我幾件他自己的麻布衣服。他體格更大，四肢更長，衣服穿起來也就更寬鬆。他跟我說，船長已經在艙裡醉得東倒西歪。我一邊穿衣服，一邊問他這艘船會開去哪裡。他說終點是夏威夷，但途中會停一下，讓他下船。

「那你在哪裡下？」我說。

「一座島，我住在那裡。就我所知，那島還沒有名字。」

他盯著我，下嘴唇耷拉著。他忽然裝傻，讓我意識到他有意在回避我的問題，於是我不再多問了。

第三章 奇怪的臉

我們走出船艙後，有一個人站在艙梯上，擋在我們前面。他背對我們，頭探出艙口的圍板向外張望。可以看出他身體有些畸形，個矮體寬，姿態笨拙又駝背，脖子上毛髮旺盛，頭縮在肩膀裡，身著深藍色的嗶嘰布，黑色的毛髮濃密、粗硬。我聽見那隻仍未謀面的狗叫得很凶，使他縮著身子退了下來。我伸出手擋了一下，他碰到了我的手，像動物一樣敏捷地轉過身來。

那黑色的臉龐忽然與我打了個照面，我大吃一驚，卻說不清到底是為什麼。那張臉完全是畸形的，突出來的部分讓人隱約聯想到是鼻子和嘴。半張著的大嘴露出一口大白牙，我從未在人的嘴巴裡見過這樣的牙齒。他的雙眼四周充血，淡褐色的瞳孔周圍有一圈幾乎看不見的眼白。整張臉煥發出奇怪的興奮。

「該死！」蒙哥馬利說：「快他媽讓開！」

黑臉人跳到一邊，一句話也沒說。我一邊走上艙梯，一邊下意識地盯著他看。蒙哥馬利在艙梯底下站了一會兒。「你知道，這裡沒你的事，」他說：「你的位置在前面。」

黑臉人畏縮著。「他們……不讓我去前面。」他慢慢地說，聲音古怪而沙啞。

「不讓你去前面！」蒙哥馬利惡狠狠地說：「但我叫你去！」他正要說什麼，忽然抬頭看了看我，然後跟著我爬上了梯子。

那時我在艙梯中間停了下來，回頭望著，還沒有從那醜得可怕的黑臉動物帶給我的極度震驚中緩過來。我從未見過如此令人反胃、奇特怪誕的臉龐，可是，說起來你可能不信，我同時又有一種完全相反的奇怪感覺——這種令我訝異的面貌與體態，我似乎以前在哪裡見過。後來我想，或許我被抬上船的時候已經見過他了，才覺得面熟，可是我心裡的疑惑一分都沒有消散。不過我又想，這樣奇怪的樣貌，如果有誰曾經看見過，怎麼可能會忘記在什麼場合看見過呢？

跟上來的蒙哥馬利將我的注意力拉了回來。我轉過頭，環視了一下這艘小帆船的平甲板。因為之前聽見了那些吵鬧聲，所以對眼前的景象，我心裡多少有了些準備。真的，我從沒見過這麼髒的甲板。上面丟滿了胡蘿蔔的碎塊、綠色的殘渣，以及難以形容的汙穢。主桅上用鏈子拴著許多凶惡的獵鹿犬，這些狗朝我又跳又叫。後桅旁邊有一個小鐵籠，裡面塞了一隻巨大的美洲獅，籠子實在太小，美洲獅連轉身的餘地都沒有。遠一些的右舷牆下，有幾口大箱子，裝著許多兔子；前面的一口小箱子裡，擠著一頭結實的美洲駝。獵犬的嘴上套著皮套。甲板上唯一的人類是掌舵的水手，形容瘦削，沉默不語。

打滿補丁的後檣縱帆也很髒，被風吹得很滿，小船似乎已經高高揚起了所有的帆。天空清朗，太陽在西邊的天空中，正落了一半。綿長的海浪迎著輕柔的風，泛著泡沫，和我們一起向前跑。我們經過舵手，來到船尾的欄杆邊，看見海水不斷在船尾撞出白沫，泡沫追隨著船，跳動、消散。我轉過頭，打量這一整艘骯髒不堪的船。

「這是海上野生動物園嗎？」我問。

「看起來還挺像。」蒙哥馬利說。

「這些動物是拿來做什麼的？當奇珍異寶賣？船長想把牠們賣到南太平洋的某個地方去？」

「看起來像，對吧？」蒙哥馬利說，然後轉過頭去看海浪。

忽然，我們聽見艙口傳來一聲喊叫和一連串咒罵聲。那個黑臉的畸形人慌忙跑上了甲板，身後緊追著一個頭戴白帽、身材壯實的紅髮男子。獵犬本來已經對著我叫累了，一看見畸形人，又發了狂似的，掙著鐵鍊往前撲。黑臉人不得不在獵犬面前放慢腳步，紅髮男人趁機追了上去，朝著他的肩胛骨中間重重地打了一拳。可憐的黑臉人像公牛一樣摔倒在一地汙穢中，滾到了獵犬之間。幸好獵犬的嘴巴上了套。紅髮男人發出一聲欣喜的叫喊，搖搖晃晃地站在那裡。在我看來，後退回船艙或往前打黑臉人都很危險。

紅髮男人一出現，蒙哥馬利忽然往前躍了一步。「在那裡別動！」他用告誡的語調大聲喊道。兩個水手從船頭的水手艙出來。黑臉人在獵犬的腳下打滾，發出奇怪的嚎叫。沒有人打算去救他。那群野獸使勁用嘴拱他，他被嚇得魂飛魄散。野獸灰色的身體十分矯健，在躺倒在地的笨拙的黑臉人四周躍動。水手都朝牠們大喊，彷彿在觀賞一場體育賽事。蒙哥馬利憤怒地吼了一聲，大步走下甲板，我跟在他身後。黑臉人連滾帶爬地站起來，跌跌撞撞地往前逃，撲到主支索邊的舷牆上，靠在那裡，上氣不接下氣，扭過頭瞪著獵犬。紅髮男人心滿意足地大笑著。

「聽著，船長，」蒙哥馬利抓著紅髮男子的兩隻手肘說道，大舌頭更明顯了，「不能這樣！」

我站在蒙哥馬利身後，船長轉過半個身子，用醉漢特有的嚴肅又無光的眼神打量著他。「不能什麼樣？」他說。他醉眼惺忪地盯著蒙哥馬利的臉看了一分鐘，又加了一句：「死大夫！」

他猛地甩開蒙哥馬利，握起長滿雀斑的拳頭，想插進側邊的口袋，第三下才找到了口袋的位置。

「他是乘客，」蒙哥馬利說：「我勸你別對他動手動腳。」

「去死吧！」船長大聲說。他忽然轉身，踉踉蹌蹌地往船邊上走。「我在自己的船上，想做什麼就做什麼。」他說。

我以為蒙哥馬利看見這個蠻人喝醉了就會算了，但他的臉色變得更差了，跟著船長去了舷牆那邊。

「你聽著，船長，」他說：「他是我的人，你不能虐待他。他上船後就一直被欺負。」

有片刻，醉醺醺的船長不知道該說什麼。「死大夫！」這是他唯一覺得可以說的。

我能感受到，蒙哥馬利是那種有耐心的慢性子，怒火一點點累積起來，總有一天會燒得白熱，就再也不會冷卻下來饒恕對方。他和船長之間的矛盾，也不是一天兩天了。

「他喝醉了，」我勸道，可能是多管閒事了，「你再說也沒用。」

他下垂的下嘴唇抽搐了一下，有些猙獰。「他什麼時候不是醉的？你覺得這就是他攻擊乘客的藉口嗎？」

「我的船，」船長開口說道，朝著籠子胡亂揮手，「本來挺乾淨的。看看現在成什麼樣子了！」船確實髒得要命。「船員，」船長繼續說：「船員也都乾淨、體面。」

「你自己同意讓動物上船的。」

「我真希望從沒見過你那該死的島。到底要把動物運到那島上去幹什麼？還有，你帶來的那個人——就算他是個人吧，他就是個瘋子，不配待在船尾。你以為這整艘船都是你的嗎？」

「那可憐鬼一上船，你的水手就開始欺負他。」

「你自己都說了，他就是個鬼！醜陋的魔鬼！我的手下受不了他。我受不了他。我們沒人受得了他——也受不了你！」

蒙哥馬利把臉轉向別處。「不管怎樣，你別動他。」他一邊說，一邊點頭。

但船長吵架的興致上來了，拉高了嗓門：「他要是再來船這頭，我會把他開膛破肚，我話放這兒。把他該死的心肝腸胃都剖出來！你算老幾，對我指手畫腳？我告訴你，我是這艘船的船長——是船長，還是船主。我就是這裡的法，我告訴你，法和神旨。我是點了頭帶一主一僕去非洲，再讓他們帶點動物回去，但我從沒同意過帶一個瘋鬼、一個沒腦子的大夫、一個……」

他怎麼罵蒙哥馬利的，暫且不提。我看見蒙哥馬利往前一步，趕緊攔住了他。「他喝醉了。」我說。船長罵得越來越難聽。「閉嘴！」我對船長喝道，因為我瞧見蒙哥馬利發白的臉上露出了危險的神情。就這樣，我把戰火引向了自己。

不過，我很慶幸自己在千鈞一髮之際制止了一場混戰，甚至不惜以冒犯又醉又凶的船長為代價。我遇過不少奇怪的人，卻從未聽見過那麼多惡毒的髒話從一個人的嘴裡源源不斷地冒出來。就算是我這樣好脾氣的人，也覺得有些髒話實在不堪入耳。但確實，當我叫船長「閉嘴」的時候，我忘了自己不過是在海上漂流的人形殘片，斷糧斷水，也沒買船票，我能上船，倚賴的完全是這艘船的慷慨，或者說所謂的「生意」。船長火冒三丈地提醒著我這一切。但無論如何，我阻止了一場惡鬥。

第四章
在縱帆船的欄杆邊

那晚，日落後，我們看到了一片陸地，縱帆船頂風緩行。蒙哥馬利暗示那就是他要去的地方。陸地還很遠，看不太清楚，只能看見一塊低平的幽藍，隨著青灰色的海水上下浮動。一縷煙幾乎筆直地升到空中。

看見陸地的時候，船長不在甲板上。他對我發洩了怒火之後，搖搖晃晃地走下船艙，我現在知道，他在船艙的地板上睡著了。

船實際上由大副接管，就是我們之前見到的那個瘦削而寡言的掌舵水手。他顯然不想給蒙哥馬利好臉色看，對我們倆完全不理不睬。我們和他一起吃晚餐，我試圖挑起一些話題，均以失敗告終，大家陷入怏怏的沉默。這些人對我的夥伴和他的動物極其不友善，這著實令我意外。我發現，蒙哥馬利對這些動物的用途和他要去的地方諱莫如深。雖然我對這兩件事愈發好奇，卻也沒再追問。

我們一直在後甲板上聊天，直到繁星滿天。除了亮起泛黃燈光的前艙偶爾傳來一點聲音，以及動物不時地在甲板上走動的聲響，夜晚十分寂靜。美洲獅蜷縮起來，如炬的眼睛盯著我們，看起來就是籠子角落裡黑漆漆的一團。蒙哥馬利掏出幾支雪茄，跟我聊起了倫敦，詢問那裡的種種變化，追憶往昔的語氣中透露出一些難過。看他說話的樣子，他似乎很愛在那裡生活，卻遽然遠走，並且再也回不去了。我盡力說著所知道的一切雞毛蒜皮。我們越聊下去，我越覺得他古怪。藉著身後羅經櫃微弱的燈光，我仔細地看了看他奇怪又蒼白的臉龐。接著，我望向昏暗的海面。那一片黯淡之中，藏著他的小島。

在我看來，這個人從茫茫大海中出現，只是為了救我一命。明天他就會下船，從我的世界裡消失不見。如果是普通的相遇，我可能稍微一想便作罷。但我忍不住去思索，這樣一個受了良好教育的人，居然住在一座無名小島上，多麼奇怪……還有他的那些隨行之物，未免太不平常。我又想起了船長說的那個問題：他要拿這些動物來幹什麼？為什麼我一開始說到動物的時候，他要裝作不是他的？還有，他的僕人也是個怪人，這在我腦海裡留下了深深的烙印。所有的一切，都給他罩上了一團迷霧。我胡思亂想，嘴上支支吾吾，不知道該說什麼。

臨近半夜，關於倫敦的談話走向尾聲。我們並肩站著，靠在舷牆上，睡眼矇矓地凝望著星光下闃然無聲的大海，想著各自的事情。氛圍有些感傷，我趁機道謝。

「說起來，」在兩人都沉默了一會兒之後，我說：「你救了我一命。」

「湊巧，」他說：「湊巧罷了。」

「我還是更願意謝謝眼前的人，再巧也要有人來湊。」

「誰也不必謝。你需要幫助，我恰好懂得怎麼幫你。我給你打針、餵食，跟收集一個標本一樣簡單。假如那天我累得不想動，或者我討厭你的模樣，那麼你今天會在哪裡，就不好說了！」

我心裡好像被澆了冷水。「不管怎樣……」我接著說。

「只是湊巧，我說過了，」他打斷我，「人的一生，一切都是湊巧。只有傻子才看不明白！我為什麼會到這裡，遠離文明，而不是在倫敦優哉游哉，做個快樂的人？只不過因為十一年前，在一個起霧的夜晚，我失控了那麼十分鐘。」

他停住了。「然後呢？」我說。

「沒有然後了。」

我們又重新陷入了沉默。過了一會兒他大笑起來。「這星光有魔力，讓人把不該說的都說了。就當我是傻子吧，我講給你聽。」

「無論告訴我什麼，你都可以相信，我一定守口如瓶——如果你擔心的是這個。」

他正要啟齒，卻猶疑地搖了搖頭。

「那就別說了，」我說：「我無所謂。祕密畢竟還是藏著最好。我保守祕密，無非是為了能讓你放心一點，也沒什麼其他用處。難保我真不會說出去，對吧？」

他支支吾吾，有些猶豫。我覺得我為難了他，在他感傷的時候乘人之危。老實說，一個年輕的醫學生究竟為什麼離開倫敦，我並不好奇。我已經有了一些猜想。我聳了聳肩，轉身走開了。一個沉默的黑影靠在船尾的欄杆上，望著星空，那是蒙哥馬利的怪僕人。聽見我的動靜，警覺地轉過頭看了看，接著又看向別處。

這一轉頭在你眼裡可能是無關緊要的小動作，對我來說卻無異於重重的一擊。周圍唯一的光源是船舵那邊的燈，他的臉在轉過來的一瞬間，映著光亮，從船尾的昏暗中浮現出來——那雙望向我的眼睛，分明閃著淡淡的綠光。那時候我並不知道，紅色[1]的眼睛在人類當中並非罕見。那黑色的身影，還有閃著幽幽火光的眼睛，擊穿了我成年時所有的思想和情感。童年時所經歷過的恐懼本已淡忘，但在那一剎那間又重新湧上了心頭。不過，恐懼很快消失了。我看見的不過是一個野人的身影、一個無足輕重的身影，在星空下趴在欄杆上。我意識到蒙哥馬利正在跟我說話。

「我打算去睡了，」他說：「如果你也覺得差不多了。」

我心不在焉地應了一聲，和他一起下了船艙。他在我船艙的門前跟我道晚安。

那晚，我做了許多不安穩的夢。下弦月遲遲升至天空，將朦朧的白光潑進我的船艙，在床邊的地板上映出令人發毛的形狀。接著獵犬醒了，號叫聲此起彼伏。就這樣，我斷斷續續地做夢，直到晨光微露才睡著。

1 原文如此，疑為作者疏忽。作者此處指的可能是綠色，即「我」以為人類的眼睛是不會發出綠光的。

第五章
無處可去的人

清晨的時候——那是我身體恢復後的第二天，應該也是我被搭救後的第四天——我從一連串鬧哄哄的夢中醒來。夢裡有槍火，有吵嚷的人群，然後我逐漸意識到有嘶啞的吼叫從頭頂傳來。我揉揉眼睛，躺在那裡聽著吵鬧聲，恍惚間有點猶疑自己身在何處。忽然又響起啪嗒啪嗒光腳走路的聲音，重物被四處亂扔的聲音，接著是一陣軋軋的重響，鐵鍊丁鈴噹啷。船忽然調頭，我聽見咻咻的水聲。那是青黃色的海浪帶著泡沫飛快地掠過圓形小窗，留下的細流。我迅速穿上衣服，走到甲板上去。

我爬上艙梯時，太陽剛剛升起，天空映得通紅，我看到了船長寬闊的脊背和紅色的頭髮。越過他的肩膀，我看見只能原地打轉的美洲獅，鐵鍊拴在後帆橫杆的滑輪上。

那隻可憐的畜生似乎嚇得不輕，躲在狹小籠子的小角落裡。

「受夠他們了！」船長嚷嚷著，「真是受夠了！船上很快就乾淨了，人和畜生都滾了。」

他擋住了我的路。我為了走上甲板，只能拍拍他的肩膀。他猛地轉身，往後踉蹌幾步，盯著我看。不用專家也看得出來，他還是醉的。

「你好喔！」他用愚蠢的語氣說，然後眼睛忽然亮了一些，「嗯……先生……先生貴姓什麼來著？」

「普倫迪克。」我說。

「去他媽的普倫迪克！」他說：「閉嘴——這才是你的姓。閉嘴先生！」

理會這個畜生沒什麼好處。但他接下來的動作，我倒是始料未及。他的一隻手指向舷梯。蒙哥馬利站在那邊跟一個灰髮男子聊天，那男子身材高大，穿著雜而灰的法蘭絨。他們應該是剛剛上船的。

「那邊，該死的閉嘴先生！那邊！」船長吼道。

蒙哥馬利和他的同伴聞聲轉過頭來。

「什麼意思？」我說。

「去那邊，該死的閉嘴先生——就是那邊！下船，閉嘴先生，快點！我們要清理船了，他媽的大清理！你下船！」

我看著他，傻了。然後我意識到，下船才是我心中所想。如果要做這船上唯一的乘客，還要和動不動就吵架的醉鬼同行，接下來的旅程實在沒有期待，失去了也沒什麼好可惜的。我轉向蒙哥馬利。

「不能帶上你。」蒙哥馬利的同伴說，很乾脆。

「你們不帶上我！」我驚恐地說。那是我見過最方的臉和最堅決的神情。

「聽我說……」我轉頭跟船長說。

「下船！」他說：「這艘船不運畜生、不運野人，不運比野人還不如的東西！不會再運了。你給我下船，閉嘴先生。就算他們不帶上你，你也要下船。無論如何，你都要走，跟你的朋友一起走。這該死的小島，以後都跟我沒關係了，老天保佑！真是受夠了！」

「可是，蒙哥馬利……」我懇求道。

他扭了扭下嘴唇，無奈地朝身旁的灰髮男人歪了歪頭，意思是他也愛莫能助。

「等下就把你送走。」船長說。

於是奇怪的三邊談判開始了。我輪流向這三個人求情——一會兒求灰髮男人讓我上岸，一會兒求醉鬼船長准我留在船上。我甚至向水手哀聲乞求。蒙哥馬利自始至終都沒有說話，只是搖頭。「你必須下船，我說過了。」船長翻來覆去只有這麼一句，「去他媽的王法，這裡我就是王！」我得承認，吵到最後，我激動地在說一句要脅的話的時候，喊破了嗓子。我感覺怒火沖到了頭頂，於是走到船尾，快快地呆望著。

這期間，水手俐落地把貨物和關在籠子裡的動物卸下船。帆船的背風面有一艘大型長艇，帶有兩副四角帆。那些水手把各種稀奇古怪的貨物往裡面扔。一開始，艇身被帆船擋住了，我沒看到從島上來裝貨的幫工。蒙哥馬利和他的同伴都沒有要理我的意思，忙著協助和指揮四、五個水手卸貨。船長也過去插上一手，與其說是幫忙，不如說是多管閒事。我一時絕望，一時急切。我站在那裡，等著一切有個定論，不禁覺得自己的窘境實在好笑。一想到自己連早餐都沒吃，更覺淒慘。飢餓和貧血能讓一個男人弱不禁風。我清楚自己沒有力氣抗議船長的驅逐令，或是強求蒙哥馬利他們讓我同行，只好聽天由命。他們繼續搬運蒙哥馬利的貨物，好像我根本不存在一樣。

過了一會兒，東西搬完了，最後的掙扎終於到來。在微不足道的反抗中，我被押到了艙梯那邊。和蒙哥馬利一起的那些人長著棕色的臉，模樣有些怪。已經滿載的長艇匆忙起航。在我腳下，兩艘船之間綠色的海水越來越寬。我用盡全力反抗，卻沒想到一頭栽進水裡。長艇上的幫工大聲嘲笑，蒙哥馬利罵了他們。船長、大副和另一個幫忙的船員將我往船尾趕。

「凡恩女爵號」小船一直在帆船後面拖著，半隻船進了水，沒有船槳，食物少得可憐。我不想到那隻小船裡去，於是整個人躺倒在甲板上。結果，他們用繩子把我甩進了小船裡（因為船尾沒有梯子），然後割斷了繩子，任我漂流。我慢慢漂離帆船。半昏迷中，我看見全體船員都去掛帆了，船一點一點調好了航向。帆撲撲地飄著，風一吹進去便滿滿地鼓了起來。我看著帆船風雨侵蝕的側面向我這邊傾斜，角度很陡，接著，船繞出了我的視野。

我沒有扭頭去追尋船的身影。一開始，我根本不敢相信發生的一切。我蜷縮在船底，十分驚愕，茫然地盯著浮著油汙的荒涼海面。接著我意識到，我又回到了我的小小地獄，唯一不同的是這次小船已經有一半被淹了。越過船沿回頭看，帆船已經離我有些遠了。紅髮船長在船尾的欄杆邊嘲笑我。我轉頭看小島那邊，長艇離海灘越來越近，變得越來越小。

剎那間，我認清了被拋棄的殘酷現實。除了隨波逐流，憑運氣漂到岸邊，我沒有別的辦法可以靠岸。你應該還記得，之前的曝曬讓我非常虛弱。我又餓又暈，否則不會如此絕望。雖然沒了力氣，我還是忽然啜泣起來。自童年以後，我再也沒有哭過。眼淚淌下我的臉頰。我因為萬念俱灰而歇斯底里，一拳一拳地打著滿是積水的船底，猛踢船沿，大聲向上帝禱告，讓我死個痛快吧！

第六章
長相可怕的船員

島上的人見我真的漂泊無定，竟可憐起我來。我緩慢地向東漂去，斜著向島嶼靠近。沒過多久，看見長艇調頭朝我駛來，我既鬆了一口氣，又激動萬分。艇上裝了很多東西。靠近的時候，我看見蒙哥馬利白頭髮、寬肩膀的同伴坐在船尾，和幾隻狗、幾口貨箱擠在一起。他目不轉睛地盯著我，一動不動，也不說話。黑臉的瘸子在船頭，也一樣直勾勾地盯著我，旁邊是美洲獅。他們旁邊還有三個人，模樣奇怪，好像野獸，獵狗正朝他們惡狠狠地叫著。長艇上實在坐不下再多的人了，蒙哥馬利掌舵，把船開到我旁邊，然後起身把小船船頭的繩索繫在長艇的舵柄上，拖著小船前進。

他靠近時朝我呼喊，這時我的心緒已經平復，果斷地應了一聲。我跟他說小船快被淹了，他給了我一個長柄小桶。連接兩隻船的繩子拉緊，我猛地往後一仰。

我舀了好一會兒的水。直到船完全浮起來——船裡的水舀了出去，小船就變得平穩了——我才有工夫去細看長艇上的人。

我發現白髮男子依舊直直地盯著我，但此刻的神情看起來好像多了一些困惑。當我們的目光相遇後，他就低頭去看兩腿間的獵狗。就像我之前說的，他十分魁梧，額頭飽滿，五官鮮明。只不過眼瞼上方的皮膚有一點奇怪的下垂，一般在年長的人臉上才看得到。他嘴巴很大，嘴角往下掛，看起來好像要隨時準備打架。他跟蒙哥馬利說話的聲音很低沉，我聽不見他在說什麼。

我把目光移向另外三個人。這一夥人真是奇怪啊。雖然我只能看見他們的臉，但總覺得哪裡不對勁——說不出是什麼，卻禁不住一陣厭惡。我繼續打量著他們。厭惡感沒有減退，我卻不知道到底是什麼令我有這樣的感覺。那時，我覺得他們應該是棕色人種——但他們的四肢用一種又髒又薄的白色東西裹著，手指和腳也不例外，我從沒見過這樣裹住四肢的男性，只有東方的女性才這樣做。他們還纏了頭巾，隱約可見精靈似的臉龐，下巴突出，眼睛炯炯發亮。他們的頭髮黑而無光澤，跟馬毛差不多，即使是坐著，看起來也比我見過的所有人種都要高大。

我有印象，白髮男子至少有六英尺高，卻比那三個人都矮了一個頭。後來我才發現，那三個人其實都沒我高，但他們的上身異常地長，大腿很短，彎曲的角度很奇怪。簡而言之，他們的樣貌醜得出奇。三個人的後上方，船頭的四角帆下，依稀可見那個黑臉人。他的雙眼在昏暗中閃閃發光。我盯著他們的時候，他們也看了過來。一與我目光相對，其中兩人便先後避開我的凝視，眼神躲躲閃閃，很是古怪。我想，我的視線可能惹煩了他們，於是轉頭去看離我們越來越近的島嶼。

島的海拔很低，綠植遍布，大多是一種我沒見過的棕櫚。島上升起一縷白色的薄霧，斜著飄向高空中，像一片羽絨似的散去。我們來到了寬闊海灣的臂彎裡，海灣的一側是低平的海岬。沙灘是暗灰色的，呈一個陡峭的斜坡，一直延伸至山脊上，那裡海拔六、七十英尺，不均勻地長著幾叢高高低低的樹木和灌木叢。半坡上有一處用淺灰色石頭圍成的方形院子，後來我發現那些石頭是珊瑚和岩漿浮岩。院子裡隱約露出兩片茅草屋頂。一個男子站在海邊接我們。在我們離海岸還有一段距離的時候，我隱約瞧見幾隻模樣奇特的動物竄進了斜坡上的灌木叢裡，但靠近後便再沒見到。接我們的人身材中等，看臉像是黑種人。他的嘴很大，嘴唇薄得幾乎看不見，瘦長的手臂，細長的腳，O形腿。他站在那裡，大臉往前伸，盯著我們。他的衣著和蒙哥馬利以及他白頭髮的同伴差不多，都是藍色嗶嘰布製成的衣褲。

當我們更近時，他開始在沙灘上來回跑，跑動的樣子十分奇怪。

蒙哥馬利一聲令下，長艇上的其他四人一躍而起，開始降帆，姿勢特別彆扭。蒙哥馬利讓船轉彎，拐進一個直接在海灘上挖出來的狹小的船塢裡。沙灘上的那個人快步向我們趕來。這船塢其實都稱不上是船塢，只是一道溝。溝的長度只有配合此刻的潮水位，才剛好讓長艇進來。我聽見船頭靠上沙灘的聲音，於是用小桶的長柄勾開長艇舵上的結，讓小船脫開，然後解開船頭的繩索，上了岸。

三個周身被裹住的人笨拙地爬下船，一站上沙灘就馬上開始卸貨，接船的人在給他們幫忙。這三個用繃帶裹得嚴嚴實實的人，下肢的動作實在奇怪，著實令我心裡一驚。他們的腿並非僵硬，而是以一種很古怪的方式扭曲著，就像是關節長錯了地方。狗和白髮男子一起下船，用力掙著鏈條，對著那三個人狂叫。三個大塊頭互相交談，發出奇怪的喉音。他們開始搬船尾那幾捆東西的時候，在岸邊接船的人興致勃勃地跟那三個人聊起來。我猜他們說的是外語。我以前聽過這樣的聲音，但一時想不起來是在哪裡。白髮男子站在那裡，牽著六隻吵翻天的狗，並用蓋過牠們的聲音吆喝命令。蒙哥馬利拆下船舵後來到沙灘上，一起幫忙卸貨。我太久沒有進食，又迎著曝曬的太陽，頭昏眼花，什麼忙也幫不上。

過了一會兒，白髮男子好像想起了我的存在，向我走來。

「你看起來，」他說：「好像沒吃多少早飯。」他的濃眉下是烏黑發亮的小眼睛。「我得道歉。現在你是客人了，我們要好好招待你。雖然我們沒有邀請你。」他注視著我的臉，眼神犀利，「蒙哥馬利說你是受過教育的人，普倫迪克先生。他說你懂點科學。請問到底是什麼呢？」

我告訴他，我在皇家科學院待過幾年，然後跟著赫胥黎[1]做過一些生物研究。聽到這裡，他的眉毛微微聳了一下。

「這樣的話，倒是有點另當別論了，普倫迪克先生。」他說，神態裡多了一絲尊敬，「其實，我們都是生物學家。這裡是個生物研究站——之類的地方。」他看向裹著白布

1 應指英國生物學家湯瑪斯·亨利·赫胥黎（Thomas Henry Huxley），達爾文「進化論」有力的支持者。

的那些人。他們把關著美洲獅的籠子放在滾輪上，往那個有圍牆的院子裡拉。「至少我和蒙哥馬利是。」他補了一句。然後他又說：「我也說不準你什麼時候能走。這裡離所有的航線都很遠，大約一年才能看見一艘船。」

他說完後逕自走開，穿過人群，沿著沙灘往坡上去，大概是進了院子。蒙哥馬利和另外兩人正把小一些的包裹堆上一輛小輪手推貨車。長艇上還有美洲駝和幾籠兔子，獵犬拴在船的橫座板上。裝好東西後，他們跟在美洲獅後面，開始推那一車足有一噸重的貨物，後來，蒙哥馬利退出，朝我這邊走回來，伸出手。

「我很高興，」他說：「至少我自己是。那個船長是笨蛋，他本該好好對你的。」

「是你，」我說：「又救了我一次。」

「這還不好說。你會發現這座島可怕又奇怪。我向你保證。如果我是你，我會對周圍多留意一下。他——」他遲疑了一下，把到了嘴邊的話收了回去，「我想麻煩你幫我弄一下兔子。」他說。

他處理兔子的方法很獨特。我跟他蹚進海裡，幫他把其中一籠拖到岸上。還沒走到沙灘，他就打開了籠子，把籠子往一邊斜，將裡面的活物往地上倒。兔子一股腦兒都摔了出來，有十五到二十隻，橫七豎八地躺在一起。他拍拍手，兔子便蹦蹦跳跳地往沙灘上跑去。

「要多生多養，我的小夥伴。」蒙哥馬利說：「讓你們的後代遍布小島。[2]我們已經沒肉吃了。」

正當我看著兔子跑得不見了蹤影時，白髮男子回來了，帶來一個裝白蘭地的隨身酒壺和一些餅乾。「這些東西能讓你撐下去，普倫迪克。」他說，語氣比之前熱絡了很多。我也不推辭，馬上把餅乾往嘴裡塞。白髮男子又幫蒙哥馬利放了二十多隻兔子。不過，另外三個大籠子和美洲獅一樣，被運到了坡上的院子裡。自打出生起我就沒沾過酒，因此我也沒碰那瓶白蘭地。

2 或源自《聖經》典故。上帝造人後，對人說：「要多生多養，遍布此地，治理此地……」（《聖經．創世記》第一章第二十八節）引文自譯，僅供參考。

第七章
鎖著的門

讀者也許早就明白：剛到島上，我周圍的一切都是那麼古怪。身處如今的境地，經歷了一連串始料未及的遭遇，我已分不清什麼東西最古怪、什麼東西相比之下沒那麼古怪了。我跟在美洲駝後面往沙灘高處走。蒙哥馬利追了上來，叫我別進那個石頭院子。我注意到關著美洲獅的籠子和一大堆包裹都放在了四方院子的門口。

我轉身，只見長艇已經被搬空了，開始往外面漂，他們正把船往海灘上拖。白髮男子朝我們走來，對蒙哥馬利說道：

「現在的問題就是這個計畫外的客人了。我們要怎麼處置他？」

「他懂點科學。」蒙哥馬利說。

「有了這些新玩意，我想工作想得心癢了。」白髮男子一邊說，一邊朝院子那邊歪了歪頭。他的眼睛都亮了起來。

「這我倒是不懷疑。」蒙哥馬利說，語氣很隨和。

「我們不能讓他去那裡，也沒時間給他另外搭個棚子。現在還不能相信他會幫忙保密吧。」

「我都已經落在你們手裡了。」我說。他說的「那裡」是哪裡，我根本不知道。

「我也在想同樣的事情，」蒙哥馬利回答說：「我的屋子有一個門朝外的隔間……」

「那就這樣吧。」更年長的白髮男子打斷蒙哥馬利，看著他說道。我們三個一起往院子走去。「抱歉，普倫迪克先生，我不是有意要遮遮掩掩。但你要記住，你不是我們主動邀請來的。這塊小地方藏著祕密，老實說跟藍鬍子的密室差不多。對正常人來說並不可怕，但目前，我們並不瞭解你……」

「那當然，」我說：「你們不可能馬上就信任我。我如果連這樣都覺得冒犯，那就真是笨蛋了。」

他扭動嘴唇，擠出一絲微笑——他屬於那種陰沉的人，連笑起來的時候嘴角都下垂——然後微微鞠了一躬，對我的順從表示致意。我們經過了院子大門，那是一扇厚重的木門，門框鐵鑄，緊緊鎖著，門邊堆著船上的貨物。我們在轉角拐進一個之前沒看見的入口。白髮男子從沾滿油汙的藍色外套的口袋裡掏出一串鑰匙，打開門，走了進去。他的那些鑰匙，還有即便在他眼皮底下也要死死鎖著的院子，都使我深感怪異。我跟著他進屋。屋裡家具簡陋，但還算舒服。裡面的那扇門輕掩著，門的另一邊是鋪過地的後院。蒙哥馬利立即將這扇門關上了。燈光較暗的那個角落裡掛著一張吊床，面海的牆上開了一扇沒有裝玻璃的小窗，只安了一根鐵柵。

白髮男子說這就是我的房間了。裡面的那扇門，他會從另一邊鎖上，保證我不能進到裡屋，說是「以免發生意外」。他指給我看窗前的躺椅，以及吊床邊書架上的一列舊書。我注意到那些書大多跟外科手術有關，還有幾本拉丁文和希臘文的典籍（**都是我讀起來覺得艱澀的語言**）。他從我們進來的那扇門走出去，好像是有意不想再打開通向裡屋的門。

「我們平時在這裡吃飯……」蒙哥馬利說，但還沒說完，他們便一前一後出去了。「莫羅！」我聽見他喊，但那時我並沒有留心，直到我翻弄著架子上的書的時候才想到：我是不是在哪裡聽過莫羅這個名字？我坐在窗前，拿出沒有丟掉的餅乾，狼吞虎嚥地吃了起來。莫羅！

透過窗，我看見其中一個裹著白布的神祕人正拖著貨箱在沙灘上走。不一會兒，窗框將他擋住了。接著，我聽見背後響起鑰匙插進門鎖轉動的聲音。過了一陣子，鎖著門的另一邊，傳來獵犬的吵鬧聲——牠們從沙灘上被帶回來了。牠們沒有叫喚，只是一邊四處聞，一邊低吼，很是奇怪。我能聽見牠們的腳掌在地上急促地踏著，蒙哥馬利在安撫牠們。

兩個人這麼費心思地去遮掩這地方藏著的東西，實在令我耿耿於懷。我思索了一會兒，又去想那個熟悉卻記不起來的名字——莫羅。但人的記憶實在古怪，我只記得這名字很有名，卻記不起來究竟為何。我的思緒又轉到沙灘上那個畸形人，他有一種說不清楚的怪。我從沒見過這樣的走路方式，也沒見過這樣彆扭的拖箱子姿態。我想起來，這些人都沒有跟我說過話，儘管他們大多都時不時地盯著我看，眼神鬼鬼祟祟，但也不像沒有教化的野人會有的那種直視。確實，他們好像都異常地沉默寡言；當他們真的開口了，聲音卻古怪又神祕。他們到底怎麼了？然後，蒙哥馬利那個笨拙粗野的僕人的雙眼又浮現在我的腦海裡。

ALFRED

我正想到他，他就走進了屋子。他換了身白色的衣服，端著一個小托盤，裡面盛了一些咖啡和煮過的蔬菜。他進門的時候，我忍不住一個戰慄，嚇了一跳。他友善地彎下腰，把托盤放在我面前的桌上。這時我驚得目瞪口呆。他那被細長的頭髮遮住的耳朵，忽然躍入我的視野，出現在離我的臉很近的地方。他的耳朵是尖的，並且長滿了棕色的細毛！

「您的早餐，先生。」他帶著很重的口音說。

我注視著他，完全沒想到要應答。他一邊轉身往門那邊走，一邊回過頭來用奇怪的眼神打量著我。我看著他走出門，由於潛意識思考的奇妙作用，腦海裡突然閃過一個詞——「莫羅案」。是嗎？「莫羅——」啊！我的記憶閃回到十年前。「莫羅慘案！」這句話在我的腦海裡飄蕩了一會兒，接著變成了牛皮紙小冊子上的紅字。那冊子我當時讀了一陣戰慄，毛骨悚然。我終於清清楚楚地想了起來。那份被遺忘許久的小冊子，變得歷歷在目，彷彿就在眼前。那時我還只是個年輕人，莫羅大概五十歲，是個頗有威望與建樹的生理學家，因為超群的想像和毫不留情且直截了當的性格在科學界赫赫有名。

這就是同一個莫羅嗎？他發表過一些有關輸血的發現，震驚了學界，同時也在增生疾病領域做著很有價值的研究，名聲不小。後來，他的學術生涯戛然而止，被迫離開了英國。一名記者為了發掘聳動的新聞，以助手的身分進入了實驗室。因為一起令人震驚的意外事件——或許並非意外——莫羅那怵目驚心的手冊為眾人所知，惡名從此傳開。手冊流出的那天，一隻可憐的狗從莫羅家裡逃了出來。牠被剝了皮，而且手足殘缺。那時正值新聞淡季，一個著名編輯——他跟那暫時冒充實驗室助手的記者是親戚——呼籲全國人民的良知。科學研究的方法受到道德指摘，已經不是頭一回了。莫羅博士在一片罵聲中被迫離開英國。或許這是莫羅博士應得的下場。但我如今依然覺得，他的同僚沒有全力聲援，廣大的科學工作者直接拋棄了他，對他來說並不是光彩的事情。不過，在記者的記敘中，他的一些實驗殘忍至極。他本可以放棄研究來與社會求和，但他顯然選擇了研究。只要是中過一次科學研究魔咒的人，大多都會做出同樣的抉擇。他當時未婚，除了個人得失，確實也沒有其他東西需要考慮。

我確信這一定是那個莫羅。一切線索都指向了他。我忽然明白，與其他貨物一起被運到屋子後面的院子裡的那頭美洲獅和其他動物，將會有怎樣的命運。一來到這裡，我就聞到一絲若有若無的奇怪氣味。那氣味很熟悉，之前一直在我意識深處，沒來得及細想，這時才忽然注意到它——那是解剖室消毒水的氣味。隔著牆，我聽見美洲獅在低吼，有隻狗尖叫了一聲，好像是被打了一下。

毋庸置疑，尤其是從一個科學工作者的角度來看，沒有比活體解剖更可怕、更需要祕密進行的工作了。不知為何，我的思緒又跳回到蒙哥馬利的僕人。他的尖耳朵和閃閃發光的眼睛又一清二楚地浮現在我的眼前。我凝望著碧綠的海面，清新的微風吹拂著泡沫，這幾天林林總總的奇怪回憶在我的腦海中縈繞。

孤島上大門緊閉的院子，臭名昭著的活體解剖科學家，跛腳的畸形人……這一切到底意味著什麼呢？

第八章 吼叫的美洲獅

一點鐘光景，蒙哥馬利打斷了我紛亂糾纏的迷惑與猜想。他奇怪的僕人跟在身後，端著托盤，裡面是麵包、草葉等食物，還有一瓶威士忌、一壺水、三個玻璃杯和餐刀。我滿懷疑心地看了一眼這個奇怪的生物，發現他也正在用他那永遠轉個不停的古怪眼睛看著我。蒙哥馬利說他本想跟我一起用午餐，但莫羅接下來有事要忙，沒法加入。

「莫羅！」我說：「我知道這個名字。」

「該死！」他說：「我真是蠢啊，居然跟你提起這事！我應該想到的。不管怎樣，如果你聽說過這個名字的話，我們保密的事你應該能猜到一二了吧。來點威士忌？」

「不了，謝謝，我不喝酒。」

「真希望我也不喝酒。不過馬丟了才鎖門，也沒什麼用了。我之所以淪落到這裡，就是因為那該死的酒和起霧的那個夜晚。莫羅幫我脫身，我還以為自己好運呢。真是奇怪……」

「蒙哥馬利，」外門關上的時候，我打斷他說：「你的僕人為什麼是尖耳朵？」

「媽的！」他說，剛剛吃了第一口食物。他盯著我看了一會兒，重複道：「尖耳朵？」

「耳朵有小小的尖，」我屏著氣，盡量平靜地說道：「邊緣還有黑色的細毛？」

他一邊給自己倒了威士忌和水，一邊仔細地思考著什麼。「我記得，他的耳朵長滿了毛。」

「你讓他給我送咖啡。他彎腰把咖啡放在桌上的時候，我看見了。他的眼睛在夜裡會發光。」

這時，蒙哥馬利已經從我意外的提問裡回過神來。「我一直覺得，」他慢條斯理地說，說話有明顯的咬舌，「他的耳朵一直遮著，一定有什麼不對勁。長什麼樣來著？」

看他的神情，我確信他的一無所知是裝出來的，但我不能直接說他在撒謊。「尖的，」我說：「很小，毛茸茸的，毛看得很清楚。就整個人來說，我從沒見過這麼奇怪的人。」

一聲尖厲又嘶啞的咆哮從我背後的院子裡傳來，低沉的聲音和音量都表明那是美洲獅的吼叫。我看見蒙哥馬利顫抖了一下。

「你說什麼？」他說。

「你是在哪裡找到他的？」

「舊金山。他是個醜陋的畜生，這我承認。他腦子也不靈光，你知道的。自己是從哪裡來的都不記得了。但我習慣他了，你知道的。我們互相習慣了。他哪裡嚇到你了？」

「他不自然，」我說：「有哪裡怪怪的——別說是我的幻覺，他一靠近我，我就感到有點不舒服，肌肉都會緊張。老實說，他給人一種殘暴的感覺。」

我說這些話的時候，蒙哥馬利停止了進食。「怪了！」他說：「我怎麼沒發現？」他又繼續吃了起來。「我完全沒注意到。」他一邊咀嚼一邊說。

「帆船上的船員也一定有同樣的感覺，他們把這可憐的東西往死裡打。你看見了吧，那個船長？」

忽然，美洲獅又嚎了一聲，這次更痛苦了。蒙哥馬利嘀咕著罵了一句。我正想追問他沙灘上的那些怪人，那頭可憐的野獸開始發出一連串短促而淒厲的叫聲。

「沙灘上的那幾個人，」我說：「他們是什麼種族的？」

「他們真不錯，對吧？」他心不在焉地說。聽著美洲獅號叫，他的眉頭皺在一起。

我沒再多問。咆哮聲再次傳來，比之前的更可怕。他用淡灰色的眼睛看著我，然後又喝了一些威士忌。他想要跟我討論酒，說什麼用酒救了我的命，好像急著想要強調他是我的救命恩人。我隨便應和了一句。

過了一會兒，我們吃完了。尖耳朵的畸形怪獸把殘羹剩菜清走，蒙哥馬利也離開了，房間裡又只剩我一個人。美洲獅被解剖的過程中，蒙哥馬利從頭至尾都很煩躁，而且並沒有把煩躁隱藏得很好。他提過自己膽子出奇的小，由我去理解這個再明顯不過的藉口。

我也覺得美洲獅的咆哮特別煩人。到了傍晚，叫聲變得更加低沉、短促。起初聽起來是很痛苦，但不斷的重複最終讓我感到煩躁不安。我把剛剛讀的一本賀拉斯[1]作品的譯本丟到一旁，握緊拳頭，咬著嘴唇，在房間裡來回踱步，後來不得不用手指堵住耳朵。

富有情感的咆哮逐漸向我襲來，這種咆哮最終成了對痛苦最為精準的表達，我無法繼續在密閉的空間裡忍受下去。我走出門，來到午後那寂靜的熱氣之中，走過大門——

我注意到門又鎖著了——轉過牆角。

在門外，咆哮聲聽起來更大了，彷彿世界上所有的痛苦找到了共同的聲音。但我後來一直在思考，假如所有的痛苦都沒有聲音，那麼即使痛苦就發生在隔壁，我也能忍受得好好的。只有當痛苦發出了聲音，使我們神經戰慄的時候，憐憫才會來攪得我們心緒難安。雖然陽光明媚，綠樹在舒心的海風裡輕輕搖擺，但周遭依然混沌，像是被飄蕩著的黑紅色的魅影蒙上一層斑駁，直到我走遠再也聽不見那四方院子裡的聲音，世界才清朗起來。

1 指昆圖斯．賀拉斯．弗拉庫斯（Quintus Horatius Flaccus，前六五—前八），古羅馬詩人，批評家、翻譯家，代表作《詩藝》等。

第九章
森林裡的東西

屋後的山脊布滿了矮樹叢，我在當中漫無目的地大步穿行。走到盡頭，便踏入了樹幹筆直的密林投下的陰影。我繼續往前，不一會兒便發現自己已經來到了山脊的另一邊，正往山坡下走。坡底有一條小溪，淌過狹窄的山谷。我停下腳步傾聽。或許是因為走得夠遠，或許是因為有茂密的灌木遮擋，所以這裡完全聽不見院子裡的聲音。四周一片寂靜。忽然，隨著一陣沙沙的響動，一隻兔子出現在我面前，蹦蹦跳跳地朝坡上跑去。我不知該往哪裡走，於是在樹蔭的邊緣坐了下來。

這周遭很宜人。兩岸草木蔥蘢，小溪幾乎全被遮住，只剩一處缺口，露出一塊三角形的水面，波光粼粼。朝對岸看，樹木和藤蔓交錯成一片朦朧的藍綠，上方是明亮的藍天。四周散落著幾抹白或紅，是附生植物開的花。我環顧了一會兒風景，然後又開始反覆思索蒙哥馬利的僕人的奇怪之處。但天氣實在太熱，我沒法仔細思考，不久便墜入了介於瞌睡與清醒之間的寧靜之境。

不知過了多久，我被對岸草叢中的一陣騷動驚醒。可是我看了好一會兒，只見蕨草和蘆葦的頂部在搖動。忽然，河岸上出現了什麼東西，一開始，我分辨不清那是什麼。牠彎下腰，把圓圓的頭伸向水面，開始喝水。那時我看見了，那分明是個人，像野獸一樣四腳著地。他裹著淡藍色的布，膚色如銅，長著黑色的毛髮。看來，奇怪和醜陋是這些島民共同的特徵。他喝水的時候，我能聽見嘴唇發出咂咂的吮吸聲。

我往前探，想看得更清楚一些。結果我的手不小心打到了一塊火山岩，石頭啪嗒啪嗒地滾下了坡。他鬼鬼祟祟地抬起頭，正好與我對視。他連滾帶爬地站起來，用笨拙的手擦了擦嘴，注視著我。他的腿還沒有身體的一半長。我們就這樣盯著對方的臉看了大約一分鐘。接著，他轉過頭看了看，鑽進了右前方的灌木叢裡。灌木叢中葉子窸窸窣窣的聲音越來越遠，越來越輕，漸漸停息。他消失之後，我依舊坐在那裡，朝他溜走的方向眺望了很久。伴著睏倦的寧靜之境早已無影無蹤。

背後的響動嚇了我一跳。我立馬轉身，看見兔子的白尾巴撲撲地跳著，最後消失在坡上。我跳了起來。這半人半獸的幻影，使午後的空氣瞬間凝固。我緊張地看了看四周，

後悔自己手無寸鐵。然後我想，剛剛看見的那個人裹著淡藍色的布，並非如野人一般赤身裸體。我試圖讓自己相信，他或許很溫順，只不過猙獰的容貌掩蓋了他的性情。

可是，那幻影仍然令我深感不安。我沿著山坡往左邊走，四下裡張望，眼神在筆直的樹幹之間搜尋。為什麼人要四腳著地走路，要用嘴唇吸水呢？過了一會兒，我又聽見了動物的哀號。我想還是那隻美洲獅，於是轉身朝著與聲音完全相反的方向走，來到了小溪邊。我蹚過小溪，一路穿過對岸的灌木叢往坡上走。

前面地上出現一大片醒目的猩紅，我一驚，走過去才發現那是一種奇異的菌類，分支繁密，波紋似的鋪開，像是葉狀地衣，但一碰便會腐爛潮解成黏液。

在茂密的蕨草叢的陰影下，我忽然撞上了一個令我不適的東西——一隻兔子的屍體。屍體上爬滿了豔麗的蒼蠅，但仍有餘溫，頭顱被整顆扯下。一看見濺落四周的血跡，我驚恐地停下腳步。這島外的來客，至少已經有一隻喪命於此了！屍體周圍沒有打鬥的痕跡，看起來，兔子應該是被瞬間捉住，一擊斃命。我盯著那小小的毛茸茸的屍體，開始絞盡腦汁地思考這慘案究竟是如何發生的。

自從我看見小溪邊那張不屬於人類的臉龐，心中就隱隱約約有了恐懼。現在我站在這裡，恐懼變得越來越清晰。我這才意識到，我在潛伏著未知之人的野外探險，膽子未免也太大了。四周的灌木叢好像也隨著我的想像而改變了意義：彷彿每一吋陰影都不只是簡單的陰影，而是埋伏；每一陣沙沙聲，都像是威脅在逼近。似乎有我看不見的東西在注視著我，我決定回到海邊的院子裡去。我急忙轉身，慌慌張張，甚至可以說是發了狂似的鑽過灌木叢，急著想要到一個開闊的地帶去。

正當我要跑進開闊的地帶時，我及時停下了。那是一片塌陷而成的林中空地。幼苗已經開始生長，努力在空地裡爭奪一席之地。遠處樹木枝幹繁密，藤蔓環繞，還有一片片菌類和花叢，一起將空地重新包圍起來。我前面有一棵倒下的巨木，殘軀上已經長滿了菌。木頭上蹲著三個奇怪的人。他們沒有發現我靠近了。其中一個明顯是女的，另外兩個是男的。他們衣不蔽體，只有腰間繫著一塊紅布。他們的皮膚是慘澹的粉色，我從沒見過這種皮膚的野人。他們臉龐肥大，沒有下巴，額頭後縮，頭髮稀疏乾硬。我從沒見過長得這麼像野獸的人。

他們在交談，或者應該說是有一個男的在跟另外兩個人講話。他們聊得很專注，所以沒有注意到我一路跑來的窸窣聲。他們的頭和肩左右轉動。說話的那個人咬舌很重，說得慢吞吞的。雖然我能清楚地聽見他們講話的聲音，卻分辨不清在說什麼。我覺得他好像是在念誦某種很複雜的奇怪言語。過了一會兒，他的聲音變得更加尖厲，同時他伸開雙手，站了起來。另外兩人也隨著他站起來，學他說同樣急促的話。他們也伸開雙手，跟著口中所念話語的韻律，左右搖擺。這時我注意到，他們的腿異常的短，腳掌瘦長且笨拙。三個人開始緩緩地轉圈，站直，跺腳，揮舞手臂。他們有韻律的念誦慢慢有了曲調，然後他們又重複一遍，聽起來是「阿魯哈」或是「巴魯哈」。他們的眼睛開始變得炯炯有神，醜陋的臉上也有了光彩，神情飽含奇怪的歡快。唾液從他們沒有嘴唇的嘴裡滴下來。

忽然之間，正當我看著他們奇怪而神祕的姿勢時，我第一次清楚地明白過來，究竟是什麼使我如此不安，究竟是什麼給了我如此互相矛盾、衝突的印象——既讓我覺得完全陌生，又有一種奇怪至極的熟悉之感。舉行著神祕儀式的三隻生物，身形是人，給我的感覺卻像是某種熟悉的動物。他們中的每一隻，即便有人類的形態，裹著破布，有近似人類的軀體，卻在舉手投足之中，在神態表情之中，顯示出屬於豬的痕跡。那種特徵，一旦看明白，就無法從印象中抹去，並且絕對不會搞錯。

我站在那裡，完全被這令人驚愕的頓悟震懾，腦海中開始冒出一些可怕的問題。他們開始向空中跳躍，一個接一個，發出「呼嚕呼嚕」的高呼聲。有一個滑了一跤，四腳著地，然後又恢復直立，繼續往前跳躍。但那一瞬間動物本性的流露，足以證明我對這些怪獸的猜想。

我轉過身，盡量不出聲，一有樹枝折斷或者樹葉響動的聲音，我便停下來，一動不動，害怕被發現。我就這樣鑽回了灌木叢中。過了很久，我才壯了點膽子，敢放開手腳往前走。我只有一個念頭，那就是逃離這些醜惡的生物，完全沒有注意到自己走到了一條隱約可見的林間小路上。當我穿過一小片空地，忽然看見樹木間出現了兩條笨拙的腿，又嚇了一大跳。腿前行的方向與我的路線平行，腳步靜悄悄的，離我大約三十碼，頭和上半部分身體被雜亂的藤蔓擋住了。我立馬站住，希望那個生物沒有看見我。可是牠的腳步也跟著停下了。我的心提到了嗓子眼，費了好大的力氣才控制住了拔腿逃跑的衝動。透過交錯的藤蔓，我仔細一看，那個頭顱和身體，分明是之前在溪邊喝水的那個野人。他的頭轉了過來，雙眼閃著碧光，從蔭翳的樹叢中朝我這邊掃視。那幾近通明的碧色，在他把頭轉向另一邊的時候，又瞬間消逝。接下來的片刻，他一動不動，然後又突然邁開悄無聲息的步子，繼續在繁蕪的綠植中跑起來，轉眼間便消失在灌木叢後。我看不見他，可是我能感覺到他又停了下來看著我。

他到底是什麼呢？是人還是野獸？他為什麼盯上我了？我手無寸鐵，連根木棍都沒有。如果他是想逃走，那就真的是太笨了。那東西，且不論是什麼，至少還不敢向我發起攻擊。我咬了咬牙，徑直朝他走去，雖然怕得脊背發涼，卻極力不表現出來。我撥開一叢開白花的高高的灌木，鑽過去，看見他在離我二十步遠的地方，躊躇地扭頭看著我。我往前走了一兩步，目光堅定地盯著他的眼睛。

「你是誰？」我說。

他和我對視，但眼神閃躲。「不！」他忽然叫了一聲，轉頭往樹叢裡跑，然後又轉過身盯著我。暮色沉沉的樹蔭下，他的眼睛閃著明亮的光。

我的心已經提到了嗓子眼，但我覺得，我唯一的勝算就是虛張聲勢，於是步伐堅定地朝他走去。他又轉過頭跑了，消失在暮色中。我好像又看見了他閃閃發光的雙目，其他的什麼也沒看清。

這時，我才反應過來天色已晚，於我不利。太陽幾分鐘前便落下去了，熱帶地區的黃昏稍縱即逝，東邊天空的光亮已經在褪去。一隻打衝鋒的飛蛾在我的頭頂靜悄悄地撲騰著翅膀。如果我不想在這神祕莫測、危險四伏的森林裡待上一晚，就必須趕回住處去了。一想到要回到那個哀號繚繞的庇護所，我就極其抗拒；但我更不願意在黑漆漆的野外被追趕，更不必說那黑暗中或許還潛伏著其他的危險。我又看了一眼那片吞沒奇怪生物的藍色暗影，然後沿下坡折返，循溪流而去，一邊走，一邊分辨來時的方向。

我走得很急，腦海裡有許多想不明白的事情，不一會兒，我發現自己來到了一處平地，周圍稀稀落落地長著幾棵樹。玫紅的餘暉消散後，隨之而來的是無色的光亮，而現在漸漸被黑暗替代。頭頂的藍天在一瞬間變得深沉，小小的星星一顆一顆地刺穿黯淡的藍色。樹之間的空隙，遠處草木之間的缺口，在白天是朦朧的藍色，此刻卻變得漆黑神祕。

我繼續往前。世界褪去了顏色。樹冠在深藍的天空裡映出墨色的輪廓，輪廓以下融成了一整片沒有形狀的黑暗。又走了一會兒，樹木越來越瘦小，灌木叢越來越茂盛。接著穿過了一塊白沙覆蓋的荒地，然後又來到一大片纏結的灌木林。我不記得來時是否經過了這片沙地。

右手邊傳來輕微的沙沙聲，折磨著我的神經。起初我以為是幻覺，因為我一停下，周圍就寂靜無聲，只聽見晚風吹拂著樹頂；然而當我繼續趕路，又有聲音響起，應和著我的腳步。

我從灌木叢中出來，盡量走在空曠的地帶，並且不時地忽然轉身，如果有東西暗中尾隨我，就可以嚇牠一跳。我什麼也看不到，卻還是愈發相信，附近有其他東西存在。我加快步伐，不久後來到一處起伏不大的山脊，橫穿過去。走了一段距離後，我猛地轉過身，目不轉睛地盯著山脊那邊看。山脊在昏暗的天空下映出清晰的黑色線條。片刻之後，一團看不清形狀的東西竄出地平線，瞬間又不見了蹤影。

這下我確信，我那黃褐色臉龐的對手又在跟蹤我了；同樣不幸的是，我意識到自己迷路了。

我急急忙忙地走了一會兒，絕望又迷茫，身後被那鬼鬼祟祟的東西追著。那東西無論是什麼，要嘛不敢攻擊我，要嘛想趁我不備。我故意挑空曠的地方走，轉身聽了幾次後，漸漸有些確信尾隨者已經放棄了追逐。這也可能只是精神錯亂的我憑空想像的結果。然後我聽見了海的聲音。我加快了腳步，幾乎跑了起來。突然，身後有什麼東西被絆倒了。

我立即轉過身，凝視著混沌的樹叢。一個黑影撲向了另一個黑影。我仔細聽辨，一動不敢動，只能聽見耳朵裡暗暗的血流聲。我以為是我神經衰弱，被自己的想像欺騙，於是毫不猶豫地轉身，繼續循著海的聲音趕路。

大約一分鐘後，樹林越來越稀疏，我走到了海岬上。海岬光禿低平，延伸到灰暗的海水裡。夜晚安靜而清朗，星星逐漸繁密，在優閒起伏的海面上反射出粼粼的光。更遠處，海浪沖刷著一塊形狀不規則的礁石，兀自閃耀著蒼白的光。往西邊的天空看，黃道光和長庚星黃色的亮光交相輝映。從我的位置看，海岸往東陡降，西邊被海岬的一側擋住了。這時我想起來，莫羅的海灘是往西延伸的。

身後有樹枝折斷的聲音，窸窣作響。我轉身，面朝黑暗的樹林。我什麼也看不見——或者也可以說，我看見太多了。昏暗中的每一道黑影都如此不祥，表現出伺機而動的警覺之態。我站了大約一分鐘，然後轉身往西穿過海岬，一隻眼依然瞥著樹林。我動身的時候，一道潛伏的黑影也跟著移動了。

我的心怦怦直跳。走了片刻，終於看見了一片向西蜿蜒的寬闊海灣。我又停下了，悄無聲息的黑影也跟著停下了，離我大約十二碼。彎曲的海灣盡頭，閃耀著一顆小小的光點，星光下依稀可見一片灰色的海灘。那光點距離我大約兩英里。要抵達那片海灘，我得先穿過潛伏著重重黑影的樹林，走下長著灌木叢的山坡。

現在，我能更清楚地看見那東西了。應該不是動物，因為他直立著。我張開嘴說話，卻發現嗓子裡卡了一口痰，聲音沙啞。我又試了一次，喊道：「那邊是誰？」沒有應答。我朝著它走了一步。那東西沒有移動，只是往後一縮。我的腳踢到了一塊石頭，忽然有了主意。我一邊繼續盯著前方的黑影，一邊彎下腰，撿起那塊石頭。我這樣一動，那東西立即轉身，就像狗那樣，偷偷潛進黑暗裡去。然後我想起小男孩遇上大狗時應急的方法，用手帕將石頭綁在手腕上。我聽見更遠的暗處傳來一陣響動，那東西好像越逃越遠了。我又緊張又亢奮的心情剎那間鬆懈，忽然大汗淋漓，渾身顫抖。敵人潰退，我的手裡還拿著武器。

過了好一會兒，我才重新下定決心，穿過海岬側翼的樹林和灌木叢，走到沙灘上。最後一段路我是用跑的。當我從灌木叢來到沙地上時，我聽見背後有東西在追我。霎時間，我嚇得六神無主，沿著沙地跑起來。那東西立即追上來，腳掌柔軟，步子急促。我哇地大叫，加快了速度。經過幾叢灌木的時候，有幾隻比兔子大三、四倍的東西，蹦蹦跳跳地從沙灘跑向灌木叢。

只要我還活著，就不會忘記那場追逐是何等恐怖。我靠近水邊跑，不時聽見緊逼在身後的腳步踩在水裡的聲音。黃色的光點還很遙遠，遠得令人絕望。周圍的夜一片黑暗、寂靜。啪嗒、啪嗒，追趕我的腳步越來越近。我體能不好，能明顯地感受到自己的呼吸，吸氣時發出尖厲的聲音，腹部一側像被刀刺一樣疼。我想，不用等我靠近院子，那東西就能追上我。於是，在抽泣似的呼吸中，我絕望地調頭，朝著向我奔來的東西打去——用盡全力的一擊。手帕繫著的石頭甩了出去。我轉身的時候，那四腳著地奔跑的東西站立起來，我投出去的石頭砸在了牠左邊腦門上。隨著腦殼上一聲響，那不知是人是獸的東西向我撞來，雙手把我推倒在地，接著一個踉蹌，越過我，一頭栽在沙地上，臉扎進水裡，躺在那裡不再動彈。

我不敢靠近那漆黑的一堆，任由它躺在那裡，水在它身邊泛起漣漪，頭頂的星星一動不動。我沒再接近它，繼續朝發出黃色光亮的房屋走去。過了不久，耳邊傳來美洲獅可憐的哀號，我鬆了口氣。我起先就是被這聲音逼著出門，去探索這座神祕的島嶼。這時，儘管頭暈目眩，筋疲力盡，我依然使出全部的力氣，朝著燈光跑去。我好像聽見有誰在呼喚我。

第十章
哀號的人

我靠近屋子時，看見我房間的門是開著的，亮光就是從那裡透出來的。接著，我聽見那橘黃色亮塊附近的黑暗裡，傳來蒙哥馬利的叫喊聲：「普倫迪克！」我繼續奔跑。過了一會兒，我又聽見了他的呼喊。我微弱地回了一聲：「哎！」剛說完，便一個踉蹌撞上了他。

「你去哪裡了？」他說，伸直雙手扶住我，讓門裡的光照在我的臉上。「我們一直在忙，半個鐘頭前才想起你來。」他領我進屋，讓我坐在躺椅上。亮光一時刺得我睜不開眼。「我們沒想到，你會不告訴我們一聲，就開始探索這座島。」他說：「我怕……不過……怎麼了……嘿！」

我散盡最後一絲力氣，頭垂到了胸前。他給我喝了白蘭地，好像有一種終於讓我喝到酒的滿足。

「老天，」我說：「把門關好。」

「你見到一些我們的珍品了，嗯？」他說。

他鎖上門，轉身面對著我。他沒有再問，只給了我更多的白蘭地和水，然後催我吃東西。我整個人已經垮了。他含糊地說了些什麼忘了警告我之類的話，然後簡單問了問我幾點出門、看見了什麼。

我簡短地回答了他，語句斷斷續續。「告訴我，這一切究竟是什麼。」我說著，幾乎就要崩潰了。

「不是什麼可怕的東西，」他說：「但我想你這一天已經經歷得夠多了。」美洲獅忽然發出一聲痛苦的尖叫。聽見這叫聲，他小聲地罵了一句。「我發誓，」他說：「這地方簡直跟都是貓的高爾街一樣糟糕。」

「蒙哥馬利，」我說：「那隻追我的東西，究竟是什麼？它是野獸還是人？」

「如果你今晚不好好休息，」他說：「明天腦袋會暈的。」

我站到他面前。「那隻追我的東西，究竟是什麼？」我問道。

他直視著我的眼睛，歪著嘴。他的眼神一分鐘前還充滿生氣，此刻變得黯淡。「聽你的描述，」他說：「應該是個妖怪吧。」

我感到一陣強烈的憤怒，不過這股怒氣來得快，去得也快。我癱回椅子裡，雙手貼在額頭上。美洲獅又開始號叫。

蒙哥馬利走到我身後，一隻手搭在我的肩膀上。「聽著，普倫迪克，」他說：「我不該讓你在我們這座荒唐的島上晃蕩的。但是，老兄，這座島沒有你想的那麼糟糕。你的神經緊張壞了。我來給你點東西，幫助你入睡。這東西，效果能持續幾個小時。你得睡覺了，否則生病了我可不負責。」

我沒有應答，彎著腰，用雙手捂住臉。不一會兒，他帶著一劑黑色的液體回來，遞給我。我沒有反抗，喝了下去。他扶我睡進吊床。

我醒來的時候已是大白天。我直挺挺地躺了一會兒，盯著上方的房頂。我注意到，椽子是船的木頭改的。然後我把頭轉向一邊，看見桌上有準備好的餐點，這才感到餓了，準備從吊床上爬下來。吊床彷彿貼心地預料到了我的心思，順勢往邊上一扭，讓我四肢著地落在地板上。

我站起來，坐到食物面前。腦袋昏沉沉的，起初只能模糊地記得昨晚發生的事。早晨的微風吹進沒裝玻璃的窗戶，非常舒服，食物亦讓我體會到了來自動物本能的愉悅。不久，我身後的門——屋子裡那扇通往院子的門——打開了。我轉過頭，看見了蒙哥馬利的臉龐。

「哎，」他說：「我忙得要命。」說著，他把門關上了。

結果，我發現他忘了把門重新鎖上了。這時，我想起了前一晚他臉上的表情，進而，昨天經歷的一切都浮現在我眼前。正當恐懼重新湧上心頭，裡屋傳來一聲吼叫，但這次不是美洲獅的哀號。我放下剛送到嘴邊的一口食物，仔細聆聽。寂靜，只有晨風在低語。我開始想是不是被耳朵騙了。

隔了很久，我才繼續進食，但耳朵依然保持警覺。過了一會兒，我聽見了另一個聲音，十分微弱、低沉。我呆坐在那裡，彷彿整個人都僵在了那一刻的心緒之中。那聲音雖然微弱、低沉，但對我的感染之深，比牆後面我聽了這麼久的、那令人厭惡的哀號更甚。這隱約而斷續的聲音，我沒有聽錯，對聲音的來源亦沒有絲毫懷疑。因為這是呻吟，夾雜著嗚咽，還有痛苦時的倒吸氣。發出這聲音的，不是野獸，分明是一個遭受折磨的人！

一意識到這點，我馬上就站起來，大跨三步走到房間的另一頭，抓住那扇通往院子的門把手，一把推開。

「普倫迪克，嘿！別！」蒙哥馬利喊道，要我住手。

一隻獵鹿犬受了驚嚇，齜著牙狂叫起來。我看見水槽裡有血——褐色，帶著些許鮮紅；同時，石炭酸特有的氣味撲鼻而來。透過一扇開著的門，我看見昏暗的陰影裡，有隻東西被綁在架子上，十分痛苦的樣子，傷痕累累，軀體殷紅，還綁著繃帶。接著，老莫羅蒼白而猙獰的臉出現在我眼前，擋住了視線。他隨即用一隻染紅的手抓住我的肩膀，將我轉過身去。我一個踉蹌，被猛地推回房間裡。他把我揪起來的樣子，就彷彿我是個小孩。我重重地摔在地上。門砰地關上，他充滿怒氣的臉隨之消失。這時，我聽見鑰匙轉動門鎖的聲音，以及蒙哥馬利的告誡聲。

「千載難逢的作品就這麼毀了……」我聽見莫羅說。

「他不明白……」蒙哥馬利說，然後是些我聽不清楚的話。

「我現在還抽不出時間……」莫羅說。

剩下的對話聽不見了。我站起身，渾身戰慄，腦子裡一片混亂，充斥著各種可怕至

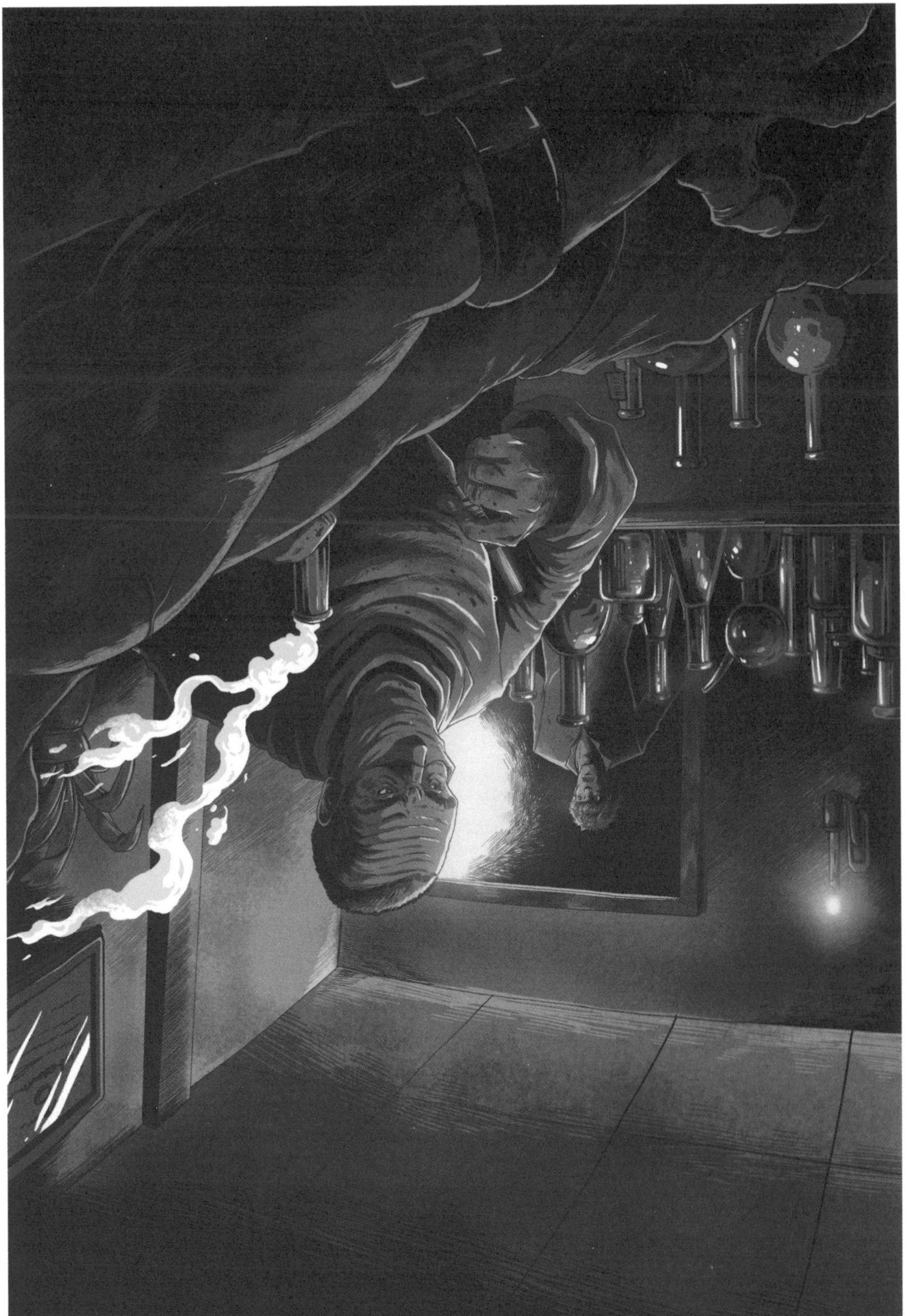

極的疑慮。我想，這裡有沒有可能正在對人做活體解剖？這個問題閃過腦海，猶如一道電光劃過渾濁喧騰的天空。接著，心中陰雲般密布的恐懼凝聚成了一個念頭——我真切地意識到，自己也陷入了險境。

第十一章
追捕

看見通往外面的門還開著，我的心中不禁生起一絲不切實際的逃走希望。這時我已經確信，莫羅在活體解剖一個人，深信不疑。

自從聽到他的名字以來，我總想著，那些外形古怪、近似野獸的島民或許和他的惡行有什麼關聯。如今，一切昭然若揭。

我又想起了他在輸血方面的研究。我看見的那些生物，正是一連串恐怖實驗的受害者。這些令人作嘔的惡棍，早就想好了要瞞著我，故作神祕來愚弄我，然後把我送上比死還要可怕的命途，將我百般折磨。折磨的結果，便是要有多醜惡便有多醜惡的退化。

我將淪為一個迷失的靈魂、一隻野獸，加入他們創造的科瑪斯的烏合之眾。[1]

我環顧周圍，想找個武器。然而什麼也沒有。突然我有了一個主意，將躺椅翻過來，一腳踩在椅子側面，把扶手拆了下來。剛好有一枚釘子連帶著被拔下來，直直地豎在木頭上——這武器因此有了一點危險性，否則實在沒什麼威力。我聽見門外有腳步聲，立即一把推開門，只見蒙哥馬利站在離門不到一碼的地方。他想把這扇通往外面的門也鎖上！我舉起手中帶釘子的木棍，朝他的臉打去。他往後一跳。我猶豫了一下，然後轉身就逃，拐過房子的一角。「普倫迪克，老兄！」我聽見他驚呼，「老兄，別犯傻！」

假如晚個一分鐘，我就會被他鎖在房間裡，成為像醫院裡拿來做實驗的兔子一樣，準備好迎接命運。他跑過了拐角，因為我聽見他在喊「普倫迪克！」的聲音。然後他開始追著我跑，一邊跑一邊喊話。這次我慌不擇路，往東北方向跑去，跟之前探險的路線成一個直角。我衝上沙灘時，回頭掃了一眼，看見他的僕人也跟著他一起在追。我發了狂似的跑上山坡，越過坡頂，然後拐彎向東，沿著只有石頭的谷地跑。谷地的兩邊布滿了叢林。我一口氣跑了大約一英里，只覺得胸口發緊，心臟撲通撲通的聲音格外清晰。我已經處於虛脫的邊緣，見蒙哥馬利或者僕人的聲音沒有再傳來，於是馬上折返，靠著自己的判斷往沙灘方向跑，最後躺倒在藤叢的遮蔽處。我在那裡躺了很久，害怕得不敢動彈，甚至不敢去思考接下來的計畫。四周荒涼的山野在太陽下安靜地熟睡，身邊唯一的響聲，是幾隻發現了我的蠓蟲在哼鳴。過了一會兒，我察覺到一陣陣彷彿是昏昏欲睡的人發出的呼吸聲，原來是海水颯颯地沖刷著沙灘。

一個小時以後，我聽見北邊遠處傳來蒙哥馬利喊我名字的聲音。這使得我開始思考下一步該怎麼辦。按我的理解，住在這座島上的，只有那兩個做活體解剖的人，以及半人半獸的受害者。毫無疑問，如果有需要的話，他們可以利用一些獸人來對付我。我知道莫羅和蒙哥馬利都帶著左輪手槍，而我手無寸鐵，只有一根沒什麼用的、只帶著一枚小釘子的木棍，就像是釘頭錘極其粗糙的仿品。

我一動不動地躺在那裡，一直躺到開始想吃的喝的。一想到這裡，我才真正意識到自己根本毫無希望。我不知道要如何覓食。我一點也不懂植物，不知道怎樣才可以在附近找到可能有根莖或果實的地方，更不知道怎樣去捕獲島上本就不多的兔子。這樣仔細思考了一番，前景變得更加迷茫。最後，在極度絕望之中，我想起了先前撞見的幾隻獸

1 科瑪斯（Comus）指希臘神話中的酒神。科瑪斯統治著一座島嶼，路過此地的人喝了他的酒就會變成野獸。「烏合之眾」（rout）語出英國詩人約翰·彌爾頓（John Milton）的《酒神：假面詩劇》（*Comus, a masque*），指受科瑪斯所害成為野獸的人。

人。我試圖在對牠們的記憶中找尋一些希望。我一個一個地回想著，試圖從記憶裡找出一點牠們或許能幫我的蛛絲馬跡。

忽然，我聽見一隻獵犬在狂吠，意識到了新的危險。我想都沒想——否則他們就抓住我了——便抄起帶釘子的木棍，循著海水的聲音，飛快地從藏身之地往海邊逃。我記得途中長著一些帶刺的植物，像折疊小刀一樣刺人。當我從樹叢裡鑽出來的時候，身上在流血，衣服也被劃破了。我站在一個小溪口，小溪很長，溪口朝北。我毫不猶豫，直接踏入水中，涉水逆流而上，不一會兒溪水便齊膝深了。最後，我連滾帶爬地上了西岸，心跳得很大聲。我鑽進一叢亂蓬蓬的蕨草，等著危險靠近。我聽見狗來到了附近的動靜（**只有一隻**），在帶刺的植物那裡大叫，然後便沒了聲音。片刻之後，我想我已經躲過了一劫。

時間一分一分地過去，寂靜在持續。終於，在平安無事了一小時之後，我才重新找回了一點勇氣。此時的我沒那麼害怕和痛苦了，彷彿已經超越了恐懼和絕望的極限。我覺得，我的命跟丟了沒什麼區別。有了這樣的念頭，我什麼事都做得出來。我甚至有些希望能和莫羅面對面撞上。我想起自己正踩在水裡，假如他們窮追不捨，為了免於折磨，我至少還有一條路可以走——淹死自己，他們阻止不了。我已經生起了溺水自殺的心，但終究忍住了，因為我竟奇怪地想對這整段冒險一探究竟。一種古怪而獵奇的興趣，抑制了我自殺的念頭。我伸展了一下被帶刺的植物刺得生疼的四肢，環顧周圍的樹木。忽然，我看見交錯複雜的綠植裡猛地冒出來一張黑臉，盯著我。我認出來，他正是沙灘上迎接長艇的那隻像猿猴一樣的生物。他在一棵棕櫚樹上，抱著傾斜的樹幹。我握緊木棍，站直了身體面向他。他開始嘰哩咕嚕地說話，不過我能聽清楚的，只有「你、你、你」。突然，他從樹上跳下來，敏捷地撥開蕨草，好奇地盯著我。

對於這隻生物，我並沒有先前遇到其他獸人時產生的那種厭惡。「你，」他說：「在小船裡。」他應該算是個人——至少跟蒙哥馬利的僕人差不多，因為他能說人話。

「是的，」我說：「我乘小船來的。從那艘大船來。」

「噢！」他說，明亮的眼睛骨碌碌地轉。他的目光從我的雙手移向我手中的木棍，然後是我的腳、我衣服上的破洞，最後是那些拜刺所賜的傷口和擦痕。他好像有些疑惑，目光又回到了我的雙手上，探出腦袋，開始慢吞吞地掰著手指數數：「一、二、三、四、五——嗯？」

我當時沒有明白他的意思，直到後來才知道，很大一部分獸人雙手畸形，有的甚至少了三根手指。我猜他大概是在跟我打招呼，於是也做了類似的動作來回應。他咧嘴笑了，一副心滿意足的樣子。然後，他又開始用迅捷的目光環視四周，飛快地一躍，不見了蹤影。原本他站立的地方，那些被撥開的蕨草颼地合了起來。

我衝出灌木叢，追了上去，驚訝地發現他正抱著一根藤條，開心地蕩著。藤條又細又長，從頭頂上方的枝葉裡垂下。他背朝著我。

「嘿！」我說。

他一個轉身，從藤蔓上跳下來，面朝我站在那裡。

「說起來，」我說：「哪裡能找到吃的？」

「吃！」他說：「吃人類的食物了，現在。」他瞥了一眼還在晃動的藤條。「在小屋裡。」

「可是小屋在哪裡呢？」

「噢！」

「我剛來這裡，你知道的。」

我話音剛落，他就往後一蕩，然後又跳到地下，快速地往前走。他所有的動作都出奇地快。「跟著。」他說。

我跟上去一探究竟。我猜小屋大概是幾間簡陋的棚子，他和其他獸人住在裡面。也許我會發現他們性格友善，能夠理解他們的某些想法。我不知道他們遺忘了多少人類的傳統。

這個長得像猿猴的同伴小跑到我身旁，雙手下垂，下頜往前伸。我在想他有多少人類的記憶。「你來這座島多久了？」我說。

「多久？」他問。重複了一遍問題之後，他豎起三根手指。

這生物不比一個傻子聰明多少。我試圖理解他的動作是什麼意思。現在想來，他好像有點不耐煩了。我又問了一兩個問題之後，他忽然從我身邊離開，跳著去摘掛在樹上的果子。他扯下一把外殼帶刺的，剝開來吃。看見這情形，我很開心，至少有能填肚子的東西了。我又試著問了幾個問題，雖然他嘰哩咕嚕，回答得很快，卻常常答非所問。幾個回答還算合理，其餘的就像是鸚鵡學舌。

我一心想著這些奇怪之處，幾乎沒去留意腳下的小路。走了一會兒，我們來到一片林子，樹全都燒成了焦褐色；往前是一塊荒地，地表結了一層黃白色的殼，四處煙霧彌漫，撲來一陣陣刺鼻而辛辣的氣味。在我們右邊，越過一塊光禿禿的岩石，可以看見藍色的海平面。小路陡然蜿蜒而下，通向一條狹窄的溝壑，兩側聳立著顏色稍黑的大塊火山岩渣，形態曲折，表面光滑。我們縱身跳進了溝壑。

經過反射著刺目陽光的硫黃地之後，這條通道顯得極其黑暗。兩側的岩壁越來越陡，逐漸靠攏。滿目都是猩紅和綠色的斑塊。我的領路人忽然停下。「家！」他說。站在這深谷的底部，起初我什麼也看不見，只聽見一些奇怪的響聲。我用左手的指關節揉了揉眼睛。有一股難聞的氣味襲來，就像是缺乏清潔的猴籠。前方，岩石又重新出現了豁口，通向陽光明媚、長滿綠植的平緩上坡。兩側的光穿過狹窄的縫隙，刺破溝壑裡的幽暗。

第十二章
誦法者

這時，我的手被一個冷冰冰的東西碰了一下，嚇得我猛地一跳。我隱約看見身邊有個淺粉色的東西，世界上與牠最相似的，只能是被剝了皮的小孩。這隻生物的長相與樹懶一模一樣，前額低、動作遲鈍，溫順卻令人厭惡。

光線發生了急劇的變化，我一下子沒適應過來。緩過來之後，周圍才看得更清楚了一些。類似樹懶的小動物站在那裡，盯著我。我的領路人不見了。此處是高聳的火山岩之間的一條狹窄的通道，嶙峋岩石中的一條裂縫；路兩邊，有一叢叢苔蘚蟲、棕櫚葉和蘆葦葉緊貼岩壁，編織成一個個堅實得光線都照不進去的黑暗巢穴。小路在巢穴之間穿行，沿溝壑曲折往上，寬不足三碼。路上還堆著腐爛的果肉和其他垃圾，使得小路更加崎嶇，也難怪這裡飄著一股惡臭。

像樹懶一樣的粉色小動物依舊對我眨著眼睛。為我領路的猿人再次出現，在最近的一個巢穴外示意我往裡走。正在這時，一隻無精打采的怪獸扭動著身子，從這條小路遠處的一個巢穴裡鑽出來，身影映在明亮的綠色背景裡，看不出有什麼特徵。我猶豫了，有點想往回逃，但又想到我已下定決心要一探究竟，便握緊了帶釘子的木棍中段，跟著我的領路人，爬進了那個散發著惡臭的小屋裡。

那地方呈半圓形，像半個蜂巢，靠著巢穴內側的石壁堆著椰子之類的各色水果。地上放著一些粗糙的火山岩和木頭製的容器。這裡沒有火。在小屋最黑暗的角落裡，坐著烏黑一團的東西，看不清形狀，我進來的時候，牠低沉地「嘿」了一聲。猿人站在光線昏暗的門口，等我爬到另一個角落裡蹲下來的時候，他遞給我一個掰開的椰子。我接過椰子啃了起來，盡量不出聲，心裡惴惴不安，巢穴裡悶得幾乎無法忍受。像樹懶的粉紅色小動物站在小屋的縫隙上，另一個黃褐色臉龐、眼睛明亮的東西走過來，越過牠的肩膀望著我。

「嘿！」我對面那神祕的一團叫道：「是個人。」

「是個人，」我的領路人急促不清地說：「一個人，一個人，一個『五人』[1]，像我一樣。」

「閉嘴！」黑暗角落裡的聲音說，還咕嚕了一聲。在這一片難忘的寂靜中，我默默地啃著椰子。

我往那黑暗的角落裡仔細瞧了瞧，卻分辨不出什麼東西。

「是個人。」那聲音重複道：「他來和我們住嗎？」

聲音渾厚，夾雜著一絲哨音——我一聽就覺得很奇怪，可是他的英國口音卻出奇地標準。

猿人看著我，好像希望我會做些什麼。我意識到，此刻的沉默是在等待我的回答。

「他來和你們住。」我說。

「是個人。他得學法。」

這時我漸漸分辨出，有一團東西比陰暗的背景黑得更加深沉，看輪廓隱約像弓著背。我發現小屋的入口變得更暗了，原來是多了兩顆頭的黑影，我不禁抓緊了手中的木

1 獸人說的話有許多不符合語法，甚至難以理解，下文會出現更多這樣的例子。

棍。

黑暗中的那東西更大聲地重複道：「念。」但牠說的上一句話我沒聽見。「不四腳行走，這是法。」牠像唱詩似的又說了一遍。

我一時摸不著頭腦。

「念。」猿人說，然後重複了一遍。門口的眾多身影一同附和，語氣裡帶著一絲威脅。

我反應過來，我得跟著念那句愚蠢的定理。一場荒唐至極的儀式，就這樣拉開了序幕。黑暗中的那個聲音開始吟誦荒謬的連禱。他逐句吟誦，我和其他人跟著念。其他人念的時候，一齊左右搖晃，奇怪極了，還同時雙手拍打著膝蓋。我學著他們做這些動作。恍惚中，我覺得自己已經死了，來到了另一個世界。這間黑暗的小屋、這些恍惚的身影，在閃爍的微光中斑駁明滅。大家一邊整齊劃一地來回搖擺，一邊唱道：

不四腳行走，這是法。我們不是人嗎？

不吮吸飲水，這是法。我們不是人嗎？

不食魚或獸，這是法。我們不是人嗎？
不抓撓樹皮，這是法。我們不是人嗎？
不追趕人類，這是法。我們不是人嗎？

一開始，只是禁止這類愚蠢的行為，但後來就延伸至禁止一個人所能想到的最荒唐、最不可能發生、最有傷風化的事情。大家彷彿都燃起了一種跟著節拍的狂熱，嘴裡嘰哩咕嚕，身體搖擺得越來越快，跟著念令人驚歎的法條。我表面上似乎被這些野獸感染了，但內心深處，嘲笑與厭惡無法平息。在念完一長串禁令之後，吟誦的內容開始轉向新的定理。

他是痛苦之屋。
他的手是創造之手，
他的手是傷害之手，
他的手是治癒之手。

說完這段，又是另一長串我無法理解的關於「他」的胡言亂語，也不知道「他」是誰。我差點覺得這只是一個夢境，但我從未在夢裡聽過吟誦。

「他是閃電，」我們唱道：「他是深而鹹的海。」

我的腦海裡忽然閃過一個可怕的猜想：莫羅將這些人改造成獸人之後，也給心智發育不良的他們洗了腦，將自己神化。但是，我非常清楚，自己正被那些白晃晃的尖牙和強有力的爪子圍繞，不敢因為那個猜想就停下吟誦。

「他是天上繁星。」

歌終於結束。我看見猿人的滿臉汗珠，閃閃發光。此時，我的眼睛已經適應了黑暗，能更清楚地看見在角落裡說話的那個身影。牠身型大小與人相似，但身上像斯凱㹴一樣覆蓋著淺灰色的毛髮。牠究竟是什麼？周圍的這些究竟是什麼？你可以想像一下，我被最駭人的跛子和瘋子團團包圍，或許就能稍微理解我被這些乖戾荒謬、喪失人性的生物圍繞的心情。

「他是一個『五人』，『五人』，『五人』——跟我一樣。」猿人說。

我伸出雙手。角落裡灰色的動物往前探過身來。

「不四腳奔跑，這是法。我們不是人嗎？」他說。

他伸出一隻扭曲得很奇怪的爪子，勾住我的手指。那爪子像是鹿蹄變成的。我嚇了一跳，被抓得生疼，幾乎要喊出來。他來到小屋入口的光亮中湊近了臉，仔細端詳我的指甲。我不禁厭惡得一陣戰慄，牠的臉既不像人類，也不像獸類，完全是一整團濃密的灰色毛髮，只有三道弧線投下陰影，標誌著雙眼和嘴巴。

「他的指甲很小。」這隻鬚髮旺盛的恐怖動物說：「不錯。」

他甩開我的手，我本能地握緊了木棍。

「吃根莖與草葉，這是他的意旨。」猿人說。

「我是誦法的人。」灰毛的身影說：「所有新來的都要在這裡學法。我坐在黑暗裡誦法。」

「這樣才公平。」門口的其中一隻野獸說。

「破壞法的人，必受嚴懲。沒人能逃。」

「沒人能逃。」獸人一邊說，一邊互相偷偷瞥了一眼。

「沒人，沒人，」猿人說：「沒人能逃。聽著！我曾經做了一件小事，一件錯事，就一次。我嘰哩咕嚕，嘰哩咕嚕，話說不清楚。沒人能懂。我燒傷了，手掌烙印。他是偉大的。他是好的！」

「沒人能逃。」灰毛的動物在角落裡說。

「沒人能逃。」獸人一邊說，一邊互相投去滿是疑慮的目光。

「對每個人來說，想要那樣是不好的。」誦法者說：「你想要做什麼，我們不知道；我們會知道的。有些想尾隨移動的東西，想監視、跟蹤、盯梢、跳躍，想捕殺、撕咬，想狠狠地咬一大口，想吸血。這些都不好。『不追趕人類，這是法。我們不是人嗎？不食魚或獸，這是法。我們不是人嗎？』」

「沒人能逃。」站在門口的一隻長著斑紋的野獸說。

「對每個人來說，想要那樣是不好的。」誦法者說：「有些想用爪牙去撕扯根莖，想貼著地面聞氣味。這是不好的。」

「沒人能逃。」門口的獸人重複道。

「有些去爬樹，有些去扒死人的墳；有些用前額、腳或爪子打架；有些不論是什麼情況，張口就咬；有些喜歡汙穢。」

「沒人能逃。」猿人撓著小腿後側說。

「沒人能逃。」像樹懶的粉紅色小動物說。

「懲戒是嚴厲的，沒有商量的餘地。所以要學習法。念。」

他沒有停下來的意思，又開始念誦洋洋灑灑的奇怪信條，我和所有的動物，再一次開始吟唱、搖擺。喋喋不休的念誦，還有這悶熱的巢穴裡散發出的惡臭使我頭暈目眩。但我沒有停下，相信不久後或許會有轉機。

「不四腳行走，這是法。我們不是人嗎？」

我們的聲音太大，以至於我都沒注意到外面的騷動，直到一個身影——我覺得是我之前見過的那兩個豬人之一——從像樹懶的粉紅色小動物上方，把頭擠進來，激動地叫喊著。牠叫了什麼我倒是沒有聽見。小屋入口處的獸人一聽見，便全跑得不見了蹤影。猿人衝了出去，坐在黑暗裡的東西也跟了出去——牠體型很大，行動笨拙，全身覆蓋著銀色的毛髮——留下我一個人。沒等我走到縫隙邊，就聽見了獵犬的狂吠。

我趕緊來到小屋外面，站在那裡，手裡依舊握著椅子扶手，每一吋肌肉都在顫抖。我前面有大約十二隻獸人，背對著我。牠們的脊背很彆扭，畸形的頭有一半縮在肩胛骨裡。牠們在激動地比畫著。從其他巢穴裡，也探出半人半獸的臉龐，不解地盯著。順著牠們注視的方向，我看見在巢穴間小徑的盡頭，樹叢間的薄霧裡，浮現出一個黑色的人影——那可怕又蒼白的臉，正是莫羅。他牽住跳躍的獵犬，身後緊跟著拿左輪手槍的蒙哥馬利。

一時間我站在那裡，驚恐萬分。等我轉過身，卻看見後面的路也被另一頭野獸堵死了。牠有灰色的大臉，小眼睛一閃一閃，朝我走來。我看了看四周，發現離我六碼遠的右邊岩壁上，有一條窄縫，一道光從那裡透進來，斜著照在陰影裡。

「站住！」我正朝那窄縫大步走去，莫羅見狀喊道：「抓住他！」

他一聲令下，一張臉轉向了我，然後其他臉都跟著轉了過來。幸好牠們是野獸的心智，反應很遲鈍。一隻笨拙的怪物轉過頭去看莫羅說了什麼，我用肩膀猛地撞向牠，牠一個踉蹌，摔向了另一隻怪物。牠的雙手揚到半空中，似乎是想抓住我，卻沒有成功。一類似樹懶的粉紅色小動物向我衝來，我用手中帶釘子的木棍，在牠醜陋的臉上劃出了一道傷口，隨即爬上一條陡峭的岔路，就像鑽進了一管傾斜的煙囪，逃向溝壑外面。我聽見後面傳來一聲號叫，以及「抓住他！」的吶喊聲。「抓住他！」那隻灰臉的動物出現

在我身後，將龐大的身軀往石縫裡擠。「追上去！追上去！」他們喊著。我順著岩石間的窄縫往上爬，終於鑽了出來，來到了獸人村落西邊的硫黃地上。

這條縫對我來說實在是天大的運氣。一定是這向上傾斜的窄煙囪，擋住了越來越近的追兵。我跑過那片白色的地帶，跑下一條陡坡，穿過散布在周圍的幾叢樹，來到一處窪地，那裡長滿了高高的蘆葦。我鑽過藤叢，衝進一片昏暗而茂密的灌木。灌木是黑色的，踩在腳下豐美多肉。我衝進藤叢的時候，追在最前面的幾個獸人從石縫裡鑽了出來。我撥開叢叢灌木，過了好幾分鐘才跑出來。很快，身後和四周傳來充滿威脅的叫喊。我聽見追兵爬上斜縫時發出的騷動，然後是蘆葦被壓倒的聲音，不時還有劈哩啪啦樹枝折斷的聲音。幾隻獸人咆哮著，興奮得像追捕獵物的猛獸。獵犬在左邊狂叫，莫羅和蒙哥馬利在同一個方向大喊。我立即右拐，恍惚間甚至聽見蒙哥馬利在喊著叫我趕緊逃命。

過了一會兒，腳下的地變得肥沃、溼軟，但我顧不了那麼多了，直直往裡面衝。我艱難地蹚過齊膝深的泥，來到了一條在高高的藤草之間蜿蜒的小路上。左邊，追兵的響動漸漸輕了。我跑到一處地方，三隻奇怪的粉紅色動物蹦蹦跳跳地從我的眼前飛快地跑過。小路通往山上，穿過另一片結了白殼的空地，然後又往下插入藤叢裡。接著，小路一個急轉，平行的方向毫無徵兆地出現了一條石壁陡峭的裂縫，就像是英國公園裡的那種隔離溝。這一個彎轉得非常突然，我完全沒有預料到，正拚盡全力往前跑，直到整個人一頭撲空，才發現有一條裂縫。

我的小臂和頭先著地，摔在了荊棘叢裡。站起來的時候，耳朵已經被劃出了一道傷口，臉上流著血。我摔進了一條兩壁陡峭的溝裡。這裡布滿了岩石和荊棘，一縷縷迷霧在我四周彌漫。一股狹窄的細流沿著溝壑中間逶迤而下。霧氣就是從水流上漫開來的。我很驚訝，這大白天裡，居然會出現這樣的薄霧，但我沒時間駐足思考。我轉向右邊，沿著下游走，希望能順著這個方向走去海邊，那樣就能淹死我自己。後來我才意識到，我摔進溝裡的時候，把帶釘子的木棍丟了。

走了一會兒，有一段溝壑變得越來越窄，我一不小心踩進了小溪。我趕緊跳了出來——水幾乎快沸騰了。我發現這盤繞的溪水裡，有一層薄薄的硫黃浮渣。就在那時，溝壑拐了個彎，前面隱隱約約能看見藍色的天際線。大海離我越來越近，在太陽下閃著無數的光點。我看見死亡就在前方，但我又熱又喘，溫熱的血從臉上滲出來，同時也舒適地在血管裡流淌。想到自己甩了追兵，我感到的開心不止一點。我還不想逃出去淹死自己。我轉頭凝望著逃來的路。

我側耳聽。除了小飛蟲的嗡嗡聲和在荊棘叢間東蹦西跳的小昆蟲的唧唧聲，空氣完全是寂靜的。接著傳來非常微弱的狗叫聲、一段急促又模糊的話、鞭子的啪啪聲，還有不同人的說話聲。這些聲音越來越大，後來又輕了下去。嘈雜聲朝上游遠去，漸漸消失。

雖然追捕告一段落，但我現在明白了，獸人幫助我的希望能有多少。

第十三章

和談

我再次轉身朝大海走去。熱水溪逐漸拓寬，通向一片長著雜草的淺灘。我的腳一踩在沙灘上，就有許多螃蟹和一種身體細長且多足的動物驚得從沙子裡跑出來。走到鹹水邊後，我才覺得自己應該是安全了。我回頭，兩手叉腰，凝望著後方鬱鬱蔥蔥的綠植。霧氣氤氳的溝壑從中切過，彷彿一道冒煙的傷口。但是，正如我說的，我實在太激動了，甚至為了活下來，我願意孤注一擲（**老實說，那些沒有經歷過危險的人可能不會相信**）。

我忽然想到，我或許仍有一線生機。當莫羅、蒙哥馬利以及他們的獸民滿島追捕我的時候，也許我可以繞過海灘，回到他們的院子——也就是從島的側翼抄過去，然後，或許可以從鬆垮的牆上拔出一塊石頭，砸開小門的鎖，看看能找到什麼（**刀、手槍之類的**），等他們回來，跟他們一拚。不管怎樣，值得一試。

於是我拐向西邊，沿著水邊走。落日的光照進我的眼睛，灼熱、刺目。一股來自太平洋的小小浪潮往沙灘上湧來，泛起輕微的波紋。走了一會兒，海岸線延伸向南而去，太陽已經來到了我的右手邊。忽然，在前方遠處，我看見好幾個身影接二連三地從灌木叢裡出來——是莫羅，牽著他灰色的獵犬，然後是蒙哥馬利，還有另外兩個人。這時我停下了腳步。

他們看見了我，打著手勢向我走來。我站在那裡，看著他們越來越近。兩隻獸人跑在前面，切斷了我到內陸灌木叢去的路線。蒙哥馬利也跑了過來，卻是徑直向我而來。莫羅和獵犬在後面，走得慢一些。

我終於從無動於衷裡驚醒，轉身直接往海水裡走去。一開始，海水很淺，走了三十碼，海浪才及腰。我隱約能看見棲息在潮間帶的動物飛快地從我腳下逃開。

「你在幹什麼，老兄？」蒙哥馬利喊道。

我轉過身，站在齊腰深的水裡，盯著他們。蒙哥馬利氣喘吁吁地站在水邊。他的臉累得鮮紅，亞麻色的長髮吹得四散，下垂的下唇裡露出參差不齊的牙齒。莫羅剛剛追上來，臉色蒼白，表情堅定，手裡牽著的獵犬朝我大叫。他們兩個都握著很粗的鞭子。遠處的沙灘上，那些獸人正盯著我們看。

「我在幹什麼？我要淹死自己。」我說。

蒙哥馬利和莫羅互看了一眼。「為什麼？」莫羅問。

「死也好過受你折磨。」

「我早說過了吧。」蒙哥馬利說，然後莫羅低聲說了些什麼。

「是什麼讓你覺得我要折磨你？」莫羅問。

「我看見的東西，」我說：「和那些——遠處那些……」

「噓！」莫羅說，舉起一隻手示意。

「我就要說。」我說：「他們曾經是人，但現在是什麼？我無論如何都不想變成他們那樣。」

我朝他們身後望去。沙灘上站著蒙哥馬利的僕人梅林，以及一個隨長艇而來的裹白布的野人。更高更遠處的樹蔭下，我看見了我那小小的猿人，他身後還有一些模糊的身影。

「這些動物是誰？」我指著他們，提高了音量，獸人也許能聽見，「他們曾經是人，和你們一樣的人。你們讓他們淪為野獸，奴役他們，但你們依然害怕他們。」「你們聽著！」我指向了莫羅，越過他們向獸人喊道：「你們聽著！難道沒發現這兩個人也怕你們嗎？一路走來都對你們心存恐懼？既然這樣，為什麼還要怕他們？你們有許多——」

「看在上帝的分上，」蒙哥馬利喊道：「住口，普倫迪克！」

「普倫迪克！」莫羅也喊道。

他們兩個一起大叫，像是要蓋過我的聲音。他們身後，注視著這邊的獸人低下了頭。他們畸形的雙手下垂，肩膀弓著。我猜，他們應該是想努力理解我說的話，想回憶起作為人的過去。

我接著喊，不過不太記得自己喊了什麼，可能是「莫羅和蒙哥馬利沒什麼好怕的，完全可以殺了他們」之類的。給獸人的腦袋裡灌輸這些思想，對方可能一時接受起來會有壓力。有個裹著深色破布的綠眼人從樹叢裡走了出來，其他人跟在後面，想聽得更清楚些。終於，我喘不過氣來，停下歇息。

「先聽我說，」莫羅用沉穩的聲音說：「然後你可以暢所欲言。」

「嗯？」我說。

他咳嗽了一聲，然後喊道：「用拉丁語，普倫迪克！我說得不好，學生水準的拉丁語，你試著理解一下。他們不是人，我們活體解剖的是動物。一個把動物變成人的過程。我會解釋的。到岸上來。」

我笑了。「故事說得好聽，」我說：「他們能交談，能造房子。他們以前明明就是人。我怎麼可能會乖乖上岸？」

「你再往前一點，水就很深了——還有很多鯊魚。」

「那正合我意，」我說：「馬上就能死個痛快。」

「等一下。」他從口袋裡掏出了一個反射著陽光的東西，丟在腳邊。「這是把上膛的左輪手槍，」他說：「蒙哥馬利也會照做。我們現在往沙灘裡退，退到你覺得距離安全為止。你來撿我們的手槍。」

「我不要！你們誰一定還有第三把。」

「我想要你仔細想想，普倫迪克。首先，我從沒叫你到這座島上來。如果我們對人做活體解剖，我們應該往島上運人，而不是運動物。其次，如果我們想對你圖謀不軌，昨晚就已經下藥了。再次，你現在已經沒一開始那麼恐慌了，可以想一想，蒙哥馬利會是你想的那種人嗎？我們追你，是為了你好。這座島上有許多危險。另外，既然你都主動淹死自己了，我們為什麼想要開槍打你呢？」

「我在小屋裡的時候，你為什麼派獸人來攻擊我？」

「我們有把握抓住你，帶你脫離危險。後來我們沒有跟著氣味找，也是為了你好。」

我認真地思考著，他的解釋聽起來似乎也有可能。然而我又想起來一件事情。「但是我看見，」我說：「院子裡——」

「你看見的是那隻美洲獅。」

「聽著，普倫迪克，」蒙哥馬利說：「你真是個笨蛋！快到岸上來，來拿手槍，然後我們聊聊。我們現在什麼也做不了。」

我不得不承認，我那時，甚至一直以來，都不信任莫羅，並且十分害怕他。但蒙哥馬利是我覺得能夠理解的一個人。

「再往沙灘高處走，」我想了一會兒後說，然後補了一句，「舉起你們的雙手。」

「不能那麼做，」蒙哥馬利說，然後朝肩膀後面點了點頭當作解釋，「會丟了威嚴。」

「那就退到樹林裡，」我說：「照你的意思。」

「這樣做真的沒什麼必要。」蒙哥馬利說。

兩人轉過身，面朝那六、七隻畸形的生物——牠們真切地站在陽光下，投下了影子，擺動著肢體，卻給人不可思議的不真實感。蒙哥馬利朝牠們揮了一鞭，牠們立馬一齊轉身，慌慌張張地逃到樹林裡去。當我覺得蒙哥馬利和莫羅退得夠遠了，才蹚回岸上，拾起手槍仔細檢查。為了保證沒有詐，我朝著一塊岩漿岩開了一槍，石頭被炸得粉碎，沙灘上濺滿了鉛石，才放心了一些。但我還是猶豫了片刻。

「我就來冒這個險。」我最後說，兩隻手各握著一把槍，朝著他們往沙灘高處走去。

「這樣還差不多。」莫羅毫無感情地說：「但其實，你該死的幻想，已經浪費了我大半天時間。」然後，他和蒙哥馬利帶著一點羞辱我的輕蔑神態，轉身往前走，一句話也沒有說。

那一群獸人躲在樹林裡，依舊在好奇究竟發生了什麼。我盡量鎮定地走過牠們。其中一隻還跟著我走，但蒙哥馬利啪地一甩鞭子，牠又退了回去。其他幾隻默不作聲地站在那裡，看著我們。牠們也許曾經是動物，但我從未見過動物想要思考。

第十四章
莫羅博士的解釋

「現在，普倫迪克，我來解釋一下。」我們一用餐完畢，莫羅博士便開口說道：「我必須坦白，你是我招待過最自以為是的客人。我警告你，這是我最後一次遷就你。下次你再拿自殺來威脅我做任何事，我不會再妥協——即便我會有更多麻煩。」

他坐在我的躺椅上，白皙而靈巧的手指間夾著一根燒了一半的雪茄。搖曳的燈光投在他的白髮上。他凝望著小窗外的星光。我坐得離他盡可能地遠，中間隔了一張桌子，雙手還握著手槍。蒙哥馬利不在場。我不想和他們兩個人同時待在這樣的小房間裡。

「你現在承認，那個你先前認為被活體解剖的人，其實是美洲獅吧？」莫羅說。這之前，他讓我進裡屋，去看了那個恐怖的場景，好親眼確認那不是人。

「是美洲獅，」我說：「還活著，但已經遍體鱗傷，殘缺不全——真希望我再也見不到活物的皮肉。所有令人厭惡的——」

「省省吧，」莫羅說：「至少別再怕得跟小孩似的。蒙哥馬利以前也是這樣。你現在承認那是美洲獅了，那麼就請你安靜，讓我一次講完我的生理學課。」

就這樣，他開始解釋他的研究，一開始語氣非常不耐煩，後來緩和了一點。他說話很直接，也很容易讓人信服，語調間或許有些諷刺。聽了一會兒，我便為我們的敵對感到羞愧，臉上發燙。

我看見的生物不是人，從來都不是。牠們是動物，被賦予了人類特徵的動物，是成功的活體解剖案例。

「你先別想一個精通活體解剖的人能對活生生的動物做些什麼。」莫羅說：「就我自己而言，我很奇怪為什麼我在這裡做的事情，以前竟然沒有人做過。當然啦，有費一些小小的力——截肢、切割舌頭、手術切除。你應該知道手術會引發斜視或能治療斜視，對吧？在切除手術裡，就有各種繼發性的變化，比如色素的失調、情感的改變、脂肪組織分泌的變化。我相信你聽過這些？」

「當然，」我說：「但是你的這些醜惡的生物——」

「時機還沒到。」他一邊說，一邊朝我搖了搖手，「我才剛起步。這些都是很小的改變。手術能實現的，不止這些。有拼裝，也有分割和改動。你或許聽說過鼻子受傷時的一種常見的手術方法：從前額切一塊皮膚，放到鼻子上，讓鼻子癒合。這其實是一種移植，在動物身體上移動固有器官的位置。從另一個動物的身體上切下某個部分，馬上拿來移植，也是有可能的，例如牙齒。透過移植皮膚和骨頭來加速癒合，都有先例——醫生從其他動物身上剪下幾塊皮膚，或是從剛死的動物身上取下骨頭的碎片，敷在傷口中間。亨特的雞距——你或許聽說過——在公牛的脖子上長得很好。[1]阿爾及利亞輕步兵量產的怪物『犀牛鼠』，把老鼠的尾巴尖轉接到了老鼠的嘴上，讓它在新的位置癒合。[2]」

「量產的怪物！」我說：「你是想告訴我——」

「是的。你看見的那些生物，是經過精雕細琢的動物。我的一生都傾注給了這項事業，研究如何重塑生物。我已經研究了好幾年，一路摸索，一路增長新知。我注意到，你看起來很害怕，但我告訴你的，並非我憑空創造。這早在幾年前，就已經是實地解剖學中一個顯而易見的課題，可是沒人有足夠的膽識去碰。我不僅能改變動物的外形，還可以使牠的生理構造、體內的化學機制發生永久的變化——就像是用活體或滅活後的疫苗來接種，我相信你一定熟悉這個。類似的手術還有輸血——我的研究確實也是從這個課題開始的。這些例子你都清楚。相比之下你可能不那麼瞭解但有更多實例的，是中世紀的行醫者創造的畸形秀演員，比如侏儒和跛足的乞丐。如今年輕的江湖藝人或者軟骨功表演者，在小時候被改造過身體，這些過程依舊保留著中世紀醫術的影子。維克多·雨果在《笑面人》裡寫過這些人。[3]說到這裡，我的意思應該已經很明白了。你現在知道，將一隻動物的某個部位的身體組織移植到另一個部位，或者甚至移植到另一隻動物身上，改變動物身體的化學反應和生長方式、改造肢體的關節，使牠們最精微的構造發生變化，這些都是有可能的。

「但是，一門如此絕妙的學科，當代研究者卻從未將其作為一個領域來做系統的探

1 指蘇格蘭醫生約翰·亨特（John Hunter，一七二八－一七九三）做的移植手術。雞距指雄雞的後趾。

2 阿爾及利亞輕步兵指十九世紀上半葉法國殖民時期阿爾及利亞的輕步兵，效力於法國軍隊。「犀牛鼠」應指移植後的老鼠形似犀牛，但這一案例難以考證，或為虛構，或為莫羅有意杜撰。

3 法國作家維克多·雨果在發表於一八六九年的小說《笑面人》（*L'homme qui rit*）中寫道，人口販子藉由手術改造了男孩的容貌，使他成了永遠微笑的小丑。

究，直到我將它重拾！類似的做法，只有手術走到萬不得已的地步，才有過嘗試。你能想到的比較直接的例證，大多是意外所致，實踐的人包括暴君、罪犯、馬或狗的飼養員等，三教九流的都有，缺乏訓練、技術粗糙，只是為了達到一時的目的。我是第一個利用無菌外科手術來研究這個問題的人，對生長規律有非常科學的理解。但是可以想像，這種事一定有人已經偷偷實踐過，比如分割暹羅雙胞胎[4]，以及異端審判——審判裡這樣做，毫無疑問是為了讓酷刑更富藝術感，但肯定也有一些審判員會對其中的醫學知識感到好奇。」

「可是，」我說：「這些東西——這些動物會說話！」

他說，就是這樣沒錯，接著指出，活體解剖能做到的，不僅僅是改變形態。豬也可能被教化。與身體結構相比，心理結構更沒那麼絕對。隨著催眠術科學不斷進步，我們發現用新的心理暗示取代舊有的與生俱來的本能，將新的想法嫁接到固有的思想上，或者直接取代，都是非常有可能的。我們所謂的道德教育，他說，很大程度上其實是對本能的一種人為改變和扭曲——好鬥的天性被訓練成英勇無畏的自我犧牲，壓抑的性欲成了宗教情感。人類和猴子的一大區別是喉頭，他繼續說道。猴子的喉頭無法發出細微差異的音符來傳達思想。他說的這一點，我並不同意。但他很不禮貌地無視了我的反對。他又說，就是這樣沒錯，然後繼續講述他的研究。

我問他為什麼要將人類的形態作為樣板。這種選擇，在我當時看來，甚至現在依然覺得，有種古怪的邪惡。

他坦承，選擇人形其實是出於偶然。「我也可以把綿羊變成美洲駝，把美洲駝變成綿羊。我想，與其他動物的形態相比，人類的形態能塑造出更強烈的藝術感吧。不過，我並沒有拘泥於製造人形。有一兩回——」他沉默了大約一分鐘，「這些年！一晃就過去了！看看現在，我已經浪費了一天時間去救你，此刻又浪費一個小時來解釋我自己！」

「可是，」我說：「我還是不明白。你給牠們帶去那麼多痛苦，這你又該怎麼解釋？在我看來，活體解剖唯一正當的理由，是為了應用——」

4 暹羅雙胞胎，指一八一一年在暹羅（今泰國）誕生的一對連體男嬰，但當時的醫學技術無法將兩人分離，於是兩人一起生活了。「暹羅雙胞胎」也成了連體嬰兒的代名詞。

「正是，」他說：「但是，你看，我的觀念組成和你不一樣。我們的立足點不同。你是個物質主義者。」

「我可不是物質主義者——」我激動地反駁。

「在我看來——在我看來是。我們的區別只不過在於如何看待痛苦。無非是看得見、聽得見的痛苦讓你生病，無非是你的各種痛苦驅使了你，無非是痛苦支撐起了你主張的罪，無非是——我跟你說，你就是動物，不要把動物的感受想的那麼神祕。這點痛苦——」

面對他的詭辯，我不耐煩地聳了聳肩。

「噢，多麼不值一提！一個人只要真的對科學可以教給他的東西不抱偏見，就一定能明白這點痛苦只是小事。或許，除了在這顆小小的行星上、在這一粒宇宙的塵埃裡，除了這一個在最近的恆星照到它之前甚至連看都看不見的地方——我是說或許，其他地方根本就不存在痛苦這種東西。可是，我們摸索著追尋的法則，甚至只是在地球上、在生靈之間的法則，就一定要跟痛苦扯上關係嗎？」

他一邊說，一邊從口袋裡掏出一把折疊小刀，拉出比較小的那片刀，接著把椅子移了過來，讓我看見他的大腿。隨後，他不慌不忙地選了一個位置，將刀插進腿裡，然後拔了出來。

「這個，」他說：「你之前肯定也見過。一丁點也不痛。但這證明了什麼？肌肉並不需要感知疼痛的能力，也並沒有這個能力。皮膚才有，但不怎麼需要。整條大腿只有那麼幾處能感到疼痛。疼痛不過是我們體內天生的醫學顧問，用來警告我們，刺激我們。不是每一塊活肉都會痛；不是每一根神經，甚至不是每一根感覺神經，都能感受到痛。視覺神經沒有痛感——真正的痛感。如果你的視覺神經受傷，你只會看見一些光的閃影。就好像聽覺神經受損，只會讓耳朵裡嗡嗡響。植物感受不到疼痛，低等動物也感受不到。海星、淡水鼇蝦之類的動物，可能根本沒有痛覺。至於人類，他們的智慧越發達，就越能照顧好自身的安危，越不需要外界的刺激來遠離危險。我從沒有聽說過，一個沒用的東西不會在進化中被淘汰，遲早罷了。你呢？疼痛就是漸漸不再需要的東西。

「我有信仰，心智正常的人一定會有。我想，或許我看見的這世界的造物主的創造方法，比你看見的要多得多。因為我已經在用自己的方式，窮盡半生，追尋著祂的法則，而你，據我的理解，不過是在收集蝴蝶。而且我告訴你，快感和痛苦跟天堂或者地獄一點關係也沒有。快感和痛苦——呸！你的神學家所謂的狂喜，不過是迷幻中穆罕默德的天堂女神？[5]男男女女覺得快感和痛苦如此重要，恰恰是獸性的印記，是他們的野獸本源所留下的印記！痛苦，痛苦和快感，只有在我們掙扎著入土之前才存在。

「你看，我做的研究，都是順其自然。這是我聽說過的，推動真正研究的唯一法門。我提出問題，設計某種方法來獲取答案，然後提出新的問題。這是可能的嗎，那是可能的嗎——你無法想像這對於一個研究者來說意味著什麼，無法想像他身上燃起了對知識怎樣的熱忱！這種對知識的古怪渴望，這種沒有顏色的快樂，你無法想像！你面前的東西不再是一隻動物、一隻和你一樣的生物，而是一個科學問題！因為同情而想像出來的痛苦——我只記得，我幾年前被這種東西折磨過。但我的渴望，我唯一的渴望，便是找到活體可塑性的極限。」

「可是，」我說：「這東西讓人噁心——」

「直到今天，我從沒有糾結過這件事的倫理，」他繼續說道：「對自然的研究，最終會讓一個人變得和自然一樣不知悔恨。我孜孜求索，除了想追尋答案，什麼也不管，研究的材料，都滴進了那些小屋裡。[6]我們到這裡整整十一年了，我、蒙哥馬利，還有六個肯納卡人[7]。我現在還記得這座島安詳的綠色，還有環繞我們的空蕩蕩的大海，彷彿就在昨天。這地方就像是一直在等著我來似的。

「我們往這裡運送物資，建造房屋。肯納卡人在山谷附近搭了一些小屋。我用帶過來的東西做研究。一開始有些不盡如人意。我從一隻綿羊開始做實驗，結果一天半後，牠死在了一把手術刀下。我又換了一隻，結果造出來的東西又痛苦又害怕。我將牠包紮起來，等牠痊癒。剛造出來的時候，牠看起來非常接近人類，但後來我再去看牠，卻不是很滿意。牠記得我，驚恐到你無法想像。牠的心智已經不再是一隻綿羊的心智了。我越看牠，越覺得牠笨拙彆扭，最後我幫這個怪物脫離了苦難。這些動物缺乏勇氣，被恐懼糾纏，被痛苦支配，沒有一點直面折磨的要強的精神，對造人沒有半點用處。

5 狂喜（ecstasy），指基督教的一種宗教體驗，信徒喪失外部意識，進入一種極度愉悅的狀態。天堂女神（houri）指伊斯蘭教中，虔誠的男性教徒進入天堂後，真主賜予其的處女。

6 此處莫羅將用於研究的動物比作化學藥劑，每一次化學實驗結束，藥劑都滴落到容器中。莫羅並不關心研究出來的東西，只在乎研究本身。

7 肯納卡人（Kanakas），夏威夷的原住民。

「然後我找來一隻猩猩，帶著極致的細心，克服了一個又一個困難，終於造出了第一個人。一整個星期，我日以繼夜地改造牠。對於猩猩來說，需要改造的主要是大腦，要加很多東西，調整很多東西。手術完成的時候，我覺得牠像極了一個黑人的標本。牠躺在我面前，裹著繃帶，全身上下都綁著，一動不動。直到確認牠沒有生命危險了，我才從牠身邊離開，來到這間房裡，當時的蒙哥馬利跟現在的你差不多。他聽見了幾聲叫喊，那時候猩猩已經慢慢變成了人——就像之前讓你不安的那些叫喊一樣。一開始我並沒有跟他吐露實情，因為不確定他是否能守口如瓶。那幾個肯納卡人也是，多少察覺到了一點。他們看見我以後，幾乎嚇瘋了。我說服了蒙哥馬利——算是吧。但是，為了阻止肯納卡人逃走，我和蒙哥馬利真的是費盡了力氣。最終，有幾個還是逃走了，偷走了我們的小帆船。我花了好多天來教育那個野人——前前後後有三、四個月。我教了牠一些基本的英語，讓牠知道怎麼數數，甚至還讓牠念字母表。但是牠這方面很遲鈍，不過我倒也見過一些更遲鈍的笨蛋。牠的心智是一張白紙，完全不記得自己之前是什麼。牠的傷口癒合得差不多了，只是有些疼痛和僵硬，並且學會了交談，我將牠帶出去，把這個有趣的『偷渡者』介紹給肯納卡人。

「不知道為什麼，他們一開始很怕牠。這冒犯到了我，因為我對牠引以為傲。不過，牠行為很溫順，又一副可憐兮兮的樣子，所以他們很快就接納了牠，開始接手牠的教育。牠學得很快，模仿和適應能力很強。在我看來，牠搭的小屋比肯納卡人搭的那些棚屋都要好得多。肯納卡的年輕人裡有一個類似傳教士的人，教牠閱讀，或者說是一個字母一個字母地讀，還教給牠一些基本的道德觀念。但是，這隻畜生養成的習慣似乎也並未達到我們的期望。

「在改造了牠之後，我休息了幾天，停下手上的工作，打算將整件事寫下來，給英國的生理學界一記當頭棒喝。結果，我偶然撞見那隻動物蹲在樹上，朝著兩個捉弄牠的肯納卡人咿咿呀呀。我訓斥了牠，告訴牠那樣做是不符合人性的，使牠心生羞恥。我回到屋子裡，下定決心，等做出更好的成績，再將研究成果帶回英國。我做得越來越好，但不知為何，這些東西總會往回退化：那頑固不化的野獸血肉一天又一天地長回來了。但是，我依然想要造出更好的來。我想要戰勝這個困難。這隻美洲獅——

「不過，故事就是這樣了。肯納卡的年輕人都死了。一個從長艇上摔到了海裡；一個腳後跟受了傷，不知怎麼地沾上了植物的汁液，中毒死了。還有三個乘著小帆船走了

——我猜，我希望他們也淹死。剩下的一個，被殺了。哎，我找到了頂替他們的人。蒙哥馬利一開始也想做你想要做的事，後來——」

「剩下的那一個，怎麼回事？」我打斷他問道：「那個被殺的肯納卡人？」

「事實上，在造了一些動物人之後，我還造出了一個東西來。」他語氣有些遮掩。

「嗯。」我說。

「牠已經被殺掉了。」

「我不明白，」我說：「你是說——」

「沒錯，牠殺了那個肯納卡人。牠捉了好幾隻東西，都殺了。我們搜捕了兩三天。牠是因為意外才逃出去的——我從沒打算將牠放出去。牠還沒有塑造完成，純粹是個實驗品。牠沒有四肢，臉很恐怖，像蛇一樣貼著地面扭動前行。牠力氣很大，疼痛讓牠更加怒不可遏。我們開始追捕牠的時候，牠已經在樹林裡潛伏了幾天。然後，牠爬到了島的北邊，我們分頭包抄，蒙哥馬利堅持要跟著我。肯納卡人有一杆步槍。我們找到他的屍體的時候，一根槍管已經扭曲成了S形，幾乎被咬穿。蒙哥馬利開槍把牠打死了。從那以後，我嚴格按照理想的人來改造動物——除了一些小的方面。」

他沉默了。我也不說話，坐在那裡，看著他的臉。

「算上在英國的九年，這二十年來，我的研究一直在進步。但每當我做成了什麼，依然會有那麼一點東西給我挫敗，令我無法滿意，促使我繼續努力。有時我做得超出自己的水準，有時又技藝失常，但與我心中所想的相比，總是差了點什麼。人類的外形，我現在能做得八九不離十了，幾乎是游刃有餘。我可以把一隻動物塑造得柔韌優雅，或魁梧強壯，但手和爪子會麻煩些——這些討厭的部位。給這些地方整形的時候，我不敢放開去做。不過真正麻煩的，是對大腦精微的移植和塑形。獸人的智力通常很低，會出現無法解釋的茫然、出人意料的隔閡。當中最難令人滿意的，是一個我摸不著的東西。它藏在情感所居之處的某個角落裡——我也不確定在哪裡。渴望、本能、損害人性的欲望，都在這個詭異而隱祕的泉眼之中。它會驟然噴發，使憤怒、仇恨或恐懼氾濫至獸人的全身。我造的這些生物，你一看就會覺得古怪、神祕。但在我眼裡，牠們剛被造出來的時候，看起來就是人，毋庸置疑。直到後來，等我開始觀察牠們，才越來越不確信。動物的本性，一處接一處，不知不覺地浮出表面，直勾勾地盯著我。但我會解決的！每當我將一隻活物浸入烈火般的痛苦之中，我會說：『這一次，我要燒盡動物的痕跡；這一次，我要造出一隻屬於我自己的理性動物！』畢竟，十年算什麼？人類進化用了十萬年。」他沉思著，表情捉摸不透。「但我離不會消退的人性越來越近了。我的這隻美洲獅——」他沉默了一會兒，接著說：「牠們還是會回歸本性。我的手一離開牠們，牠們就開始悄悄地退化，開始扶正本性。」說完，他又沉默了很久。

「然後你就把造出來的生物丟到那些小屋裡去？」我說。

「牠們自己去的。我一看到牠們的獸性顯露出來，就把牠們趕出去，牠們自己遊蕩到那邊去。牠們都害怕這座房子，怕我。那裡的生物在拙劣地模仿著人類。蒙哥馬利很清楚，因為他會插手一些牠們的事。他訓練了一兩隻來當我們的僕人。他這樣做，心裡有些愧意，但我相信，他是有些喜歡其中幾隻的。但這是他的事，與我無關。牠們只會使我感到厭惡，給我失敗感。我對牠們一點興趣也沒有。我猜牠們會遵循肯納卡傳教士提出來的規矩，滑稽地模仿理性的生活。真是可憐！有一個東西，牠們叫作『法』。唱頌歌，『爾等』什麼什麼的。牠們給自己築窩，採集果實，摘草葉，甚至結婚。但我能看穿一切，看穿牠們的靈魂。我只能看見野獸的靈魂，終將死去的野獸，看見牠們的憤怒，牠們生存和自我滿足的欲望。不過牠們和其他生物一樣，很古怪，很複雜。

牠們心裡有一股往上衝的勁，部分是虛榮心，部分是無處施用的性欲和好奇。只是模仿我罷了。我對這隻美洲獅倒是抱有一些希望。我在牠的頭部和腦部下了很多功夫——現在，」他說道，一邊站起來，隔了很久才又開口——這間隙我們都各自思考了一番，「你覺得如何？你還怕我嗎？」

我看著他，只看到一個臉色蒼白、頭髮灰白的男人，以及一雙平靜的眼睛。堅定的平和與挺拔的體格使他顯得沉靜，幾乎成了一種美感。要是沒有這份沉靜，他足以稱得上是一個慈祥的老紳士，放在其他一百個老紳士裡，也絕對看不出來任何異樣。我打了個哆嗦。作為對他第二個問題的回答，我把兩隻手裡的槍都遞給了他。

「留著吧。」他說，說完便打了個哈欠。他站起身，盯著我看了一會兒，露出微笑。「你也忙了兩天了，」他說：「我建議你睡一會兒。我很高興把一切都說明白了。晚安。」他仔細打量了我一會兒，然後從裡屋的門走了出去。

我趕緊把通往院子的門鎖上，又坐了下來。我久久地坐著，心情像凝滯了一般。無論是情感、心理還是身體，都實在疲倦。從他離開的那一刻起，我便無法思考。黑色的窗戶像一雙眼睛凝視著我。最後，我費力把燈熄滅，躺到吊床裡去，很快便睡著了。

第十五章
關於獸人

我一早便醒來了。一睜眼，莫羅的解釋依舊縈繞在我的心頭，清楚明白。我爬下吊床，走到門邊，確保門已經鎖住。我又按了按窗欄，挺結實。得知了這些與人相似的動物，其實只是獸性未泯的怪物和人類畸形扭曲的仿品之後，我的心中反而充滿了一種隱約的不安，不知道牠們會做出什麼來。這比確切的恐懼糟糕得多。

敲門聲傳來，我聽見梅林在說話，口齒含糊。我把其中一把槍塞進口袋（手不放開），給他開門。

「早安，先生。」他說著，送來一些吃的。除了一貫作為早餐的草葉，還有隨便煮煮的兔肉。蒙哥馬利在他身後。他的眼神四處一轉，看見我手臂的姿勢，歪嘴露出微笑。

那天，美洲獅休息養傷，但莫羅一貫極其孤僻，沒有和我們在一起。我和蒙哥馬利聊了一會兒，想弄清楚獸人是怎麼生活的，尤其想知道，莫羅和蒙哥馬利如何防止這些缺乏人性的怪物襲擊他們，如何不讓牠們互相殘殺。他向我解釋，莫羅和他之所以比較安全，是因為這些怪物心智受限。雖然牠們的智力提升了，動物的天性也有可能復甦，但莫羅在牠們的腦子裡植入了一些固定的思維，牠們的想像力完全被束縛了。莫羅將牠們深度催眠，告訴牠們哪些事是不可能做到的，又有哪些事不可以做。這些禁令在牠們的心中，杜絕了違抗或爭吵的可能。

但是，在有些方面，舊日的天性與莫羅直截了當的改造水火不容，情況就沒那麼穩定了。在牠們心中，一連串稱作「法」的觀念（我已經聽獸人念誦過）和動物本性帶來的根深柢固、難以壓抑的欲望針鋒相對。這些「法」，我發現牠們一遍又一遍地背，卻一次又一次地違反。蒙哥馬利和莫羅極其小心，不讓獸人知道血的滋味。一旦嘗到那味道，將會有不可避免而令他們害怕的後果。蒙哥馬利告訴我，日暮光景，「法」的約束就會奇怪地削弱，在貓科動物改造的獸人身上尤其如此——動物性在那時最強。一到黃昏，牠們的體內便會湧起一股冒險的衝動，敢去做一些白天連做夢都不敢想的事。我登島的那一晚被豹人跟蹤，原因便在這裡。但在我剛到島上的這幾天裡，牠們都只是偷偷摸摸地違「法」，並且都在天黑之後。在白天，獸人大體上還是遵守著各方面的禁令。

說到這裡，我或許應該先陳述一些關於這座島以及獸人的基本訊息。這座島輪廓不規則，海拔很低，漂在寬廣的海洋之中，總面積約莫有七、八平方英里。[1]最初這裡是火山噴發形成的，如今三面布滿珊瑚礁。北面的一些噴氣孔和一處溫泉，是孕育此地的力量僅剩的痕跡。偶爾能感覺到輕微的地震，有時筆直升向空中的煙會被迸發的水蒸氣攪得翻湧澎湃，這些已是全部了。蒙哥馬利告訴我，莫羅創造的六十多個奇怪的產物成了島上的居民，這還沒算上那些更小的、寄居在灌木叢中的、沒有人形的怪物。莫羅總共創造了大概一百二十個，但很多都已經死了，還有一些——比如他跟我說的那個會扭動的、沒有腿的東西——被暴力地結束了生命。蒙哥馬利還回答我說，其實牠們還孕育了後代，但陸續都死了。這些後代還活著的時候，莫羅將牠們帶走，賦予人形，但沒有證據證明，牠們後天所得的人類特徵是遺傳而來的。獸人中，雌性比雄性少得多，儘管「法」規定了一夫一妻制，但還是有不少雌性獸人在暗地裡被侵害了。

恕我無法描述這些獸人的細部特徵。我沒有被訓練過如何用眼睛細緻入微地觀察，而且很遺憾，我也不會素描。就這些動物的整體外貌而言，最矚目的特點是腿和軀幹的長度不成比例。但是，我們對優美的認知是相對的——我的眼睛逐漸習慣了牠們的形體，最後甚至覺得自己的大腿太長，很難看。另一大特點是頭部前傾，脊柱彎曲得很彆扭，不像人類。甚至連猿人也沒有那種起伏有致的背部曲線，人類的體態正是因為這曲線才顯得優美。大多數獸人都笨拙地聳著肩，前臂很短，軟弱地掛在身體兩側。牠們很少有顯眼的體毛，至少一直到我離開時都沒有見過。

還有一處明顯的畸形是牠們的面部。幾乎所有的獸人都下巴前凸，耳朵奇形怪狀，鼻子又大又翹，頭髮是毛茸茸的硬毛，眼睛的顏色通常都很奇怪，還長在奇怪的地方。沒有獸人會大笑，只有猿人會嗤嗤地笑。除了這些基本的特徵，獸人的頭部少有相似之處，每一隻都保留了物種各自的特質：雖然人形的特徵扭曲了動物的形態，卻無法掩蓋作為改造基礎的一種或幾種動物，例如豹子、公牛、母豬……獸人的聲音也天差地別。牠們的手普遍畸形。雖然有幾隻確實在樣貌上與人類出乎意料地相似，但幾乎所有獸人的手指都殘缺不全，指甲不整齊，觸覺也不靈敏。

1　此描述和貴族島吻合。——查理斯·愛德華·普倫迪克。（原文注）

我曾遇見的那隻豹人和一隻鬣狗豬人是當中最可怕的兩隻獸人。比牠們體型更大的是三隻拖船的牛人。然後是灰髮的獸人，牠也是誦法者，還有梅林，以及一隻用猿猴和山羊造的、像薩特[2]一樣的動物。有三隻豬男，一隻豬女，一隻犀牛造的，還有幾隻雌的，我分辨不出牠們本來是什麼動物。有幾隻狼人，一隻熊和公牛的綜合體，一隻用聖伯納犬造的。猿人我已經描述過。此外還有一個面目尤其可憎（還散發著惡臭）的老婦，由雌狐和熊改造而成，我見到牠第一眼便心生厭惡。據說牠是法的狂熱擁護者。更小型的是幾隻帶斑點的年幼獸人，以及先前那隻長得像樹懶的動物。列舉到此為止。

起初，我一見到獸人便膽戰心驚，堅定地認為牠們依然是野蠻的動物。但不知不覺，我有點習慣了牠們的存在，同時，蒙哥馬利對牠們的態度也感染了我。他和牠們相處久了，幾乎已經把牠們當作正常的人類來看待。在他眼裡，倫敦的時日似乎已是充滿榮光、無法重現的過去。他大約一年去一次阿里卡，和莫羅的代理商見面。那個代理商是當地的動物販子。那個村莊以航海為業，蒙哥馬利遇見的都是西班牙裔的混血人種，不是什麼長相俊俏的人。他跟我說，起初他看船上的人就像我看獸人一樣奇怪——腿異常的長，臉扁平，額頭前凸，生性多疑，危險又冷漠。其實，他不喜歡和人類打交道。

他覺得，他之所以對我心軟，是因為救過我的命。我那時就猜測，他對那些變了形的野獸其實暗存善意，在某些方面同情牠們，但常常又把同情表現得很尖刻。不過從一開始，他就在我面前努力掩飾。

梅林——那個黑臉人——是蒙哥馬利的僕人，也是我遇見的第一隻獸人，不像其他獸人一樣生活在島嶼的另一邊，而是住在屋後面的一個小狗窩裡。梅林遠沒有猿人那麼聰明，卻聽話得多，也是獸人中最接近人類長相的。蒙哥馬利訓練牠做飯，後來要求牠做各種煩瑣的家務，牠竟然也都能勝任。梅林是一座複雜的獎盃，代表了莫羅可怕的技藝——牠本來是一隻熊，結合了狗和公牛，是莫羅的所有獸人中改造得最精巧的一個。梅林對蒙哥馬利有一種奇怪的溫順和忠誠。有時，他會注意到牠，拍拍牠，半嘲弄半開玩笑地喚牠的名字，牠便開心得手舞足蹈；有時他又對牠不好，尤其是喝了威士忌以後，會踹牠、打牠、朝牠丟石子或者點燃的防風火柴。但無論蒙哥馬利待牠好或是不好，

2 薩特（Satyr），希臘神話中的森林之神，半人半羊，頭上有公羊的角。

牠還是最愛待在蒙哥馬利身邊。

我說我逐漸習慣了獸人，千百件之前看起來怪異、反胃的事，很快就變得自然而正常起來。我想，每一種存在都會從周圍普遍的色調中汲取顏色吧。蒙哥馬利和莫羅實在古怪、獨特，模糊了我對人類的整體印象。有時，我看見一個笨拙的牛人，操縱著長艇，腳步沉重地走過灌木叢，會問自己，會努力回想，牠和那些結束了機械勞作、拖著疲憊步伐回家的真正的村夫野老，有什麼不同？或者，我看見那個狐熊老婦，牠的面容狡猾、詭詐，隨時準備見風使舵的精明之中竟然透露出一種奇怪的人性，我甚至會想，我以前是不是在城市的小路上與牠打過照面。

但是，牠們的獸性也時常會閃現在我的眼前，毋庸置疑，不可否認。一個相貌醜陋的人——看起來不過是駝背的野人——蹲在某個巢穴的入口，一展開手臂打哈欠，便露出駭人的剪刀刃似的門牙，還有軍刀似的犬齒，像匕首一般鋒利、晃眼。要嘛，在某條狹窄的小路上，我鼓起一瞬間的勇氣瞄一眼，便和一隻肢體柔軟、白布包裹的雌性動物四目相對，猛地看見牠裂縫似的瞳孔；或者我瞥向地面，便看見牠用鉤狀的指甲抓著周身的布，使人看不出牠的身形。順便說一句，有一個古怪且無法解釋的現象：在我上島的頭幾天，這些怪物——我是說，這些雌性的獸人——本能地感到自己的笨拙令人厭惡，因此很重視服裝蔽體，追求端莊和得體，比人類更甚。

第十六章
獸人初嘗鮮血

我終究暴露了自己寫作經驗的匱乏，寫著寫著便偏離了主線。

我和蒙哥馬利用完早餐後，他帶我去島的另一邊看噴氣孔和溫泉的源頭——前一天，我誤打誤撞地踩進過它滾燙的水流。我們兩個都佩帶了鞭子，拿著裝滿子彈的左輪手槍。途中，當我們穿過一片林莽時，聽見兔子在尖聲長叫。我們停下腳步傾聽，但再也沒有聽到。片刻之後我們繼續趕路，將方才的小插曲拋在了腦後。蒙哥馬利叫我注意看跳過灌木叢的幾隻小動物，牠們是粉紅色的，後腿很長。他告訴我，牠們是用莫羅造的獸人的後代改造的。他起初想把牠們當作肉吃，但想到這跟兔子吃後代的蠻習無異，於是放棄了這個念頭。我之前遇見過這些小動物——一次是在月色下被豹人追，一次是前一天被莫羅追。其中一隻為了躲開我們，跳進了由於樹被風連根拔起而留下的洞裡。牠還沒來得及逃出去，便被我們逮住了。牠像貓一樣咿咿呀呀地叫，爪子到處撓，後腿瘋狂亂踢，還想咬人，但牠的牙齒太無力，咬起來就像是不痛不癢地捏一下。在我看來，牠就是一隻可愛的小動物，而且蒙哥馬利說，牠從來不會因為打洞而破壞草皮，習性也愛乾淨。我想，牠應該是紳士的花園中那些普通兔子的替代品。

在路上，我們還看見一棵樹的樹幹上，樹皮被一長條、一長條地撕下，有很深的裂痕。這是蒙哥馬利指給我看的。「『不抓撓樹皮，這是法』，」他說：「牠們當中有一些還是很在意這條法的！」我記得就是在那之後，我們碰見了薩特和猿人。薩特的樣子帶著一分莫羅對古希臘的想像——牠的面部表情像綿羊，就像那種希伯來粗毛羊；牠的嗓音是刺耳的咩咩聲，腳趾像撒旦。從我們身邊經過的時候，牠正咬著一個類似豆莢果實的殼。兩隻獸人都向蒙哥馬利致意。

「第二執鞭人萬歲！」牠們喊道。

「現在有第三個執鞭人了，」蒙哥馬利說：「所以你們最好小心點！」

「他不是造出來的？」猿人說：「他說，他說他是造出來的。」

薩特好奇地看著我。「第三執鞭人，哭著走進海裡的人，臉又瘦又白。」

「他有細長的鞭子。」蒙哥馬利說。

「昨天他流血了，哭了，」薩特說：「你從來不會流血，不會哭。主人不會流血，不會哭。」

「奧倫多夫[1]式的叫花子！」蒙哥馬利說：「如果你不小心一點，一定叫你流血，叫你哭。」

「他有五根手指，跟我一樣是『五人』。」猿人說。

「走吧，普倫迪克。」蒙哥馬利拉住我的手臂說。於是我跟他繼續上路了。

薩特和猿人站在那裡，注視著我們，互相聊了起來。

「他什麼也沒說，」薩特說：「人類是會說話的。」

「昨天，他問我有沒有吃的，」猿人說：「他不知道。」

然後牠們說了一些話，我沒有聽清楚，只聽見薩特在笑。

回去的路上，我們發現了兔子的屍體。可憐的小東西被鮮血染紅，身體被撕成了碎塊，幾根肋骨都被扒光了肉，只剩白骨，脊椎骨一看就是被啃過了。

蒙哥馬利一看見，便站住了。「老天！」他說著，彎下腰撿起幾塊脊椎骨的碎塊，再仔細一看，「老天！」他重複道：「這是什麼意思？」

「你們的一些食肉動物記起了舊習，」我沉默了片刻之後說：「脊椎骨被咬穿了。」他站在那裡，盯著屍體，臉色蒼白，下嘴唇變歪了，「這感覺不妙。」他慢吞吞地說。

「我之前見過同樣的事情，」我說：「在我來的第一天。」

「不會吧！你看見什麼了？」

「一隻兔子，頭被扯掉了。」

「你來的那天？」

「就是那天。在房子後面的灌木叢裡，我晚上出去的時候發現的。兔子的整顆頭都被擰了下來。」

他吹了一聲長而低沉的口哨。

「而且，我能猜到是哪一隻獸人幹了這事。不過只是我的懷疑，你知道吧。我撞見

1 指十九世紀德國語法學家、語言教學家奧倫多夫（Heinrich Gottfried Ollendorff）。奧倫多夫的寫作中有很多的反覆，蒙哥馬利是藉此嘲笑薩特的說話方式。

死兔子前，看見你們的一隻怪物在小溪邊喝水。」

「吮吸著喝嗎？」

「是的。」

「『不吮吸飲水，這是法。』獸人都很守法的，特別是莫羅沒有在旁邊管著牠們的時候，嗯？」

「追我的也是那隻獸人。」

「一定是了，」蒙哥馬利說：「食肉動物就是這樣。殺了一隻動物之後，就去喝水。是血的味道，你明白的。——那隻獸人長什麼樣？」他接著說：「你還能認出牠來嗎？」他瞥了一眼四周，兩腳跨在慘死的兔子兩邊，兩眼掃視著各處陰影和層層綠植形成的屏障，以及包圍我們的森林中適合躲藏、埋伏的地方。「血的味道。」他又說了一遍。

他拿出手槍，檢查彈膛，換上了新的。然後他扭了扭下垂的嘴唇。

「我應該能認出那隻獸人，」我說：「我把牠打暈了。牠的額頭上肯定有一大塊瘀青。」

「但是我們得證明牠殺了那隻兔子，」蒙哥馬利說：「我真希望自己沒把這些動物帶到這裡來。」

我本想繼續說，但他站在那裡，看著腳下被撕碎的兔子沉思，似乎腦子裡很亂。既然如此，我便走開了，來到藏著剩餘兔子屍塊的地方。

「走吧！」我說。

他過了一會兒才反應過來，走到我這邊來。「你看，」他說，幾乎是在低語，「牠們應該有一個根深柢固的念頭，拒絕吃任何在地上跑的東西。如果有獸人不小心嘗到了血的味道——」他一時陷入了沉默，「我想知道發生了什麼。」他自言自語道。然後，停頓了片刻之後，又說：「有一天我幹了一件蠢事。我的僕人……我教牠如何剝兔皮、煮兔肉。很奇怪……我看見牠在舔自己的雙手……我當時也沒多想。」他接著說：「我們得制止這一切。我必須告訴莫羅。」

在我們回家的路上，他一心都在想這件事。

莫羅比蒙哥馬利更重視這件事。不必說，我也被他們溢於言表的驚愕影響了。

「我們得以儆效尤。」莫羅說：「我毫不懷疑，罪犯就是豹人。但我們要怎麼證明？蒙哥馬利，我多希望你能管好自己吃肉的事，沒有搞這些新奇而刺激的嘗試。我們可能會因為這事陷入麻煩。」

「我真是個笨蛋，」蒙哥馬利說：「但那東西不會再犯了。並且是你說我可以養著牠們的，你知道的。」

「我們必須馬上把這件事了結了，」莫羅說：「如果發生了什麼意外，梅林能照顧好自己的對吧？」

「我現在不是很確定了，」蒙哥馬利說：「雖然我想我應該是瞭解牠的。」

下午，莫羅、蒙哥馬利、我和梅林穿過小島，到溝壑裡的那堆屋子去。我們都配了武器，梅林帶著一把砍柴火的小斧頭和幾捲鐵絲。莫羅肩膀上還挎著一具放牛用的大號角。

「你會看到一次獸人的大聚會，」蒙哥馬利說：「很壯觀的場面！」

莫羅一路上一言不發，但他留著白色絡腮鬚的大臉上，表情一直很凝重。

我們穿過峽谷，滾燙的小溪一路淌下，還冒著煙。接著，我們穿過藤叢裡蜿蜒的小路，來到一片開闊的地帶，地面上有一層厚厚的黃色粉末，應該是硫黃。越過一段野草叢生的堤岸，能看見閃閃發光的大海。我們走到一處地方，像是一個淺淺的天然圓形劇場，一行四人在這裡停下了。

莫羅吹響了號角，打破了熱帶地區午後的沉寂。他的肺活量一定很好。號角呼聲的音調越來越高，與回音交錯，最後響得幾乎能刺穿耳朵。

「啊！」莫羅呼喊了一聲，把那彎彎的樂器放回身邊。

黃色的藤叢中立刻傳來嘩啦嘩啦的響聲，繁密的綠莽中一陣嘈雜——那邊是我前一天逃跑時經過的沼澤地。然後，在硫黃地的邊緣，出現了三、四個奇形怪狀的獸人，朝我們匆匆跑來。一隻接一隻的獸人從樹林裡、藤叢中小跑出來，搖搖晃晃地在灼熱的塵土中靠近，恐懼不禁爬上我的心頭。但莫羅和蒙哥馬利卻非常冷靜地站在那裡，我只得緊緊地靠著他們。

第一個到的是薩特，雖然有一種奇怪的不真實感，但牠確確實實地投下了影子，牠甩了甩蹄子上的塵土。跟著薩特從藤叢裡出來的，是一隻粗野的怪物，牠是馬和犀牛的結合體，一邊跑還一邊嚼著一根草。接著出現的是那隻豬女和兩隻狼女。然後是巫婆似的狐熊，兩隻紅色的眼睛嵌在瘦削的紅臉上。隨後，還有其他獸人都急急忙忙地趕了過來。牠們跑向前來，面對莫羅卻開始變得畏畏縮縮，自顧自地念著那一串法的後半部分的一些片段：「他的手是傷害之手，他的手是治癒之手……」諸如此類。牠們跑到距離我們大約三十碼的地方時，立即剎住腳步，跪下磕頭，手肘將白色的塵土揚到頭頂。

盡你所能想像一下那場景！我們三個穿著藍布衣褲的人類，以及我們畸形的黑臉僕人，在陽光照耀下的綿延的黃土上站著，頭頂是灼熱的藍天，四周是蜷伏在地、行跪拜姿勢的怪物。除了一些細微的表情和動作，有些看起來幾乎是人類，有一些像瘸子，還有一些畸形得實在古怪，類似的動物大概只有在最瘋狂的夢境裡才能找到。遠處，一邊是叢生的蘆葦，一邊是茂密繁雜的棕櫚樹，將我們與溝壑裡的小屋隔開。而北邊，是太平洋朦朧的天際線。

「六十二、六十三。」莫羅數著，「還差四隻。」

「我沒看到豹人。」我說。

過了一會兒，莫羅又吹響了大號角。一聽見號角聲，獸人紛紛扭動著身體，匍匐在地。然後，豹人出現了。牠從藤叢中悄悄溜出來，腰彎得幾乎能貼著地面，試圖混入莫羅背後塵土飛揚的大部隊裡去。最後到的獸人是猿人。早到的動物因為一直匍匐著，又熱又累，向牠投去惡狠狠的目光。

「停！」莫羅用堅定而響亮的聲音說。獸人坐回後腿上，停下了頂禮膜拜的姿勢，得以喘口氣。

「誦法者在哪裡？」莫羅說。塵土中有一個灰色毛髮的怪物低頭致敬。

「念！」莫羅說。

跪拜在地的獸人立刻開始左右搖晃起來，同時用手用力拍打地上的硫黃粉塵——先用右手噗地拍一下，再用左手，如此反覆，還吟誦牠們奇怪的連禱。當牠們念到「不食魚或獸，這是法」，莫羅舉起了一隻手，他的手瘦長而蒼白。

「停！」他喊道，全體獸人馬上鴉雀無聲。

我想，牠們應該都知道並且害怕即將發生的事。我環顧四周，看著牠們奇怪的臉龐。在牠們發光的眼睛裡，閃爍著畏縮的神情和鬼鬼祟祟的恐懼——我之前竟會覺得牠們是人！

「有人觸犯了這條法律！」莫羅說。

「沒人能逃。」銀色毛髮遮住臉的動物說。「沒人能逃。」跪著的一圈獸人重複道。

「是誰？」莫羅喊道，環視著一張張臉，鞭子抽得啪啪響。鬣狗豬人露出了失魂落魄的神情，豹人也是。莫羅停住了，看著這隻動物。牠畏畏縮縮地往莫羅這邊挪，似乎想起了過去那永無盡頭的折磨，害怕極了。

「是誰？」莫羅又喊道，聲如洪雷。

「觸犯法律的人是惡人。」誦法者吟唱道。

莫羅盯著豹人的眼睛，嚇得牠彷彿每一吋靈魂都出了竅。

「觸犯法的人——」莫羅說，將目光從這位要受罰的人移開，轉向我們。（**我似乎在他的語氣中聽出了一絲得意。**）

「要回到痛苦之屋，要回到痛苦之屋。」牠們吵吵鬧鬧地喊起來，「回到痛苦之屋，回到痛苦之屋，回到痛苦之屋。」猿人也嘰哩咕嚕地說道，好像這件事讓牠很愉快。

「噢，主人！」

「你聽見了嗎？」莫羅說著，轉身去看犯人，「我的朋友，嘿！」

而豹人，一等莫羅的目光移開，就立刻從跪立的姿勢站了起來。此刻，牠兩眼冒火，弧形的嘴唇下面露出貓科動物的大尖牙，縱身撲向折磨牠的人。我相信，只有被無法承受的恐懼逼得發狂，才會發起這樣的攻擊。

我們周圍，一整圈六十多隻怪物都站了起來。我掏出手槍。豹人和莫羅撞在了一起，莫羅被撞得往後一個踉蹌。四面八方都是憤怒的大喊、號叫。每隻獸人都在飛快地跑動。一瞬間，我以為牠們集體造反了。豹人怒氣沖天的臉從我面前閃過，梅林在後面窮追不捨。我看見鬣狗豬人黃澄澄的眼睛裡閃著興奮的光，這神情彷彿是想要來攻擊我。薩特也是這樣，在鬣狗豬人弓起的肩膀後面瞪著我。我聽見莫羅的手槍劈啪作響，粉紅色的光颼地飛過騷亂。整群獸人似乎都調轉了方向，朝向閃爍的火光前進，牠們的移動彷彿帶著磁力，我也被攪得轉過了身。一瞬間，我也跑了起來，加入這混亂又喧鬧的人群，追趕著逃竄的豹人。

這便是我能明確描述的一切。我看見豹人襲擊莫羅，然後周圍的一切都轉了起來，接著我快步衝過去。梅林跑在前面，緊緊追著逃犯。身後，獸人的舌頭已經耷拉下來了，狼女跨著大步奔跑跳躍。豬人跟在後面，激動地發出尖厲的長叫，還有兩隻裹著白布的牛人。莫羅跑在一眾獸人之中，寬簷草帽被吹掉了，手裡握著槍，細長的白髮四下披散。其他鬣狗豬人跑在我身邊，和我保持著相同的速度，貓科動物似的眼睛不時偷瞄著我。其他獸人在我們後面一邊叫喊，一邊啪嗒啪嗒地跑著。

豹人衝進藤叢，高高的藤草被撥開，等牠穿過去時又彈回來，打在梅林的臉上。當我們這些跟在後面的追到藤叢時，發現這裡已經被踏出了一條小路。在藤叢裡，大約追了四分之一英里後，豹人躍入了小樹叢。儘管我們是一大幫人一起追，但樹叢極其濃密，拖慢了我們追趕的速度。又窄又長的葉子拍在我們的臉上，繩子似的蔓生植物繞上脖子、纏住腳踝，帶刺的植物鉤破衣服、劃傷皮肉。

「牠四腳著地穿過了這裡。」莫羅氣喘吁吁地說。他現在僅僅領先我們一步。

「沒人能逃。」狼熊說著，笑呵呵地看著我，滿是追捕帶來的喜悅。我們來到一片石頭地，重新加快了速度，前方的獵物正四腳著地輕盈地奔跑，不時轉過頭來朝我們低吼。狼人見狀，高興地嚎了一聲。牠依然裹著布。從遠處看，牠的臉跟人類很像，但是四肢動作卻是貓科動物的姿態。牠的肩膀往下聳，鬼鬼祟祟的樣子，正像是一隻被追趕的動物。牠躍過幾叢開著黃花的帶刺灌木，不見了。梅林已經跑過一半石頭地了。

我們大多數都沒了一開始的追趕速度，步子雖然變大了，卻很慢。當我們穿過空地時，追趕的人已經從縱隊變為了橫隊。鬣狗豬人依舊在我身邊跑著，一邊跑一邊看著我，偶爾噘起口鼻，發出低沉的笑聲。在石頭地的邊緣，豹人意識到再往前便是海岬——那裡正是我來島那晚牠尾隨我的地方。但是蒙哥馬利識破了牠的計畫，逼牠調轉了方向。就這樣，我幫忙追著犯了法的豹人，喘著大氣，在岩石間跌跌撞撞。黑莓的刺劃得我衣衫襤褸，蕨草和蘆葦絆著我的腳。鬣狗豬人一邊跑在我旁邊，一邊狂笑。我跟跟蹌蹌地往前走，頭昏腦脹，心怦怦直跳，每一下都像撞在肋骨上。我累得幾乎就要死去，卻不敢讓追趕的人離開視野，以防周圍只剩下自己和這個可怕的同行夥伴。儘管我已筋疲力盡，頭頂著熱帶地區熾烈的午後陽光，卻還是蹣跚著向前走著。

終於，追捕結束了白熱化的態勢。我們將那可憐的畜生逼進了島嶼的一隅。莫羅手握鞭子，調整了我們的隊形，讓所有人排成一條不規則的隊伍。我們緩慢前進，一邊走一邊互相叫喚，收緊對獵物的包圍圈。牠不出聲響地潛伏著，隱藏在灌木叢中。那天半夜，我被牠追趕時曾穿過那片灌木。

「慢慢地！」莫羅喊道，「慢慢地！」隊伍的兩端沿著交纏的灌木叢周邊慢慢靠攏，將豹人圍了起來。

「小心牠衝出去！」樹叢的另一頭傳來蒙哥馬利的聲音。

我在灌木叢上方的斜坡上，而蒙哥馬利和莫羅走在低處的沙灘邊。我們在枝葉交錯形成的密網中慢慢逼近。獵物沒有發出一點聲音。

「回到痛苦之屋，痛苦之屋，痛苦之屋！」猿人在右邊大約二十碼的地方大喊。

當我聽到猿人的叫喊，就原諒了那可憐的東西帶給我的所有恐懼。犀牛馬人在我右邊跑著，腳步很沉，我聽見他折斷細枝，將較粗的樹枝簌簌地拔開的聲音。透過一片層層疊疊的綠葉，我忽然看見我們追捕的獸人，正藏在濃密樹叢間的昏暗角落中。我站住了。牠盡可能地縮成小小的一團，蜷伏著。牠轉過頭來，用閃閃發光的綠眼睛盯著我。

我內心很矛盾——直到如今也無法解釋。那豹人的形態完全就是一隻動物，當我看見牠閃爍的目光，以及不完美的人臉因為恐懼而扭曲時，才重新想起來牠有一部分是人。不用多久，其他的追捕者就會發現牠，牠會寡不敵眾，被捉回院子，再經歷一遍種種可怕的折磨。我猛地掏出手槍，瞄準那雙驚恐萬狀的眼睛中央，開了火。就在那一瞬間，鬣狗豬人看見了豹人，發出一聲充滿渴求的呼號，往豹人身上撲去，將飢渴的尖牙插進了豹人的脖頸。四周的綠樹草叢搖晃起來，伴著樹枝劈哩啪啦折斷的聲音，獸人往一處擠來，臉一張接一張地出現了。

「別殺牠，普倫迪克！」莫羅喊道：「別殺牠！」我看見他弓著腰，撥開高大的蕨葉衝過來。

霎時間，莫羅已經用鞭子的把柄將鬣狗豬人打跑了。他和蒙哥馬利一起攔住了激動不已、近乎狂歡的獸人——尤其是梅林——不讓牠們接近豹人那還在顫抖的軀體。那隻灰色毛髮的獸人鑽到我手臂下聞著屍體。其他的獸人，帶著動物才有的那種狂熱，將我往前擠，想一看究竟。

「真是蠢啊你，普倫迪克！」莫羅說：「我想留牠活口的！」

「對不起，」我說，其實心裡並無愧意，「我一時衝動。」因為劇烈運動和過度興奮，我感到一陣噁心。我轉過身，擠出蜂擁的獸人，獨自走上斜坡，往海岬的更高處去。莫羅大聲地發號施令，那三個白布包裹的牛人將獵物往低處的水邊拖去。

此時，我想一個人待著倒是容易了。在屍體面前，獸人展現出了完全近乎人性的好奇。牠們烏泱泱的一群，一起跟在屍體後面。當牛人把屍體拖到沙灘上時，牠們圍上去嗅，還朝牠低吼。我走上海岬，看著牛人將沉重的死屍抬到海裡，傍晚的天空下，牠們都成了黑影。就像一片波瀾湧過腦海，我忽然意識到這島上的一切都有一種難以言狀的虛無、茫然。在我腳下，沙灘上的岩石間，猿人、鬣狗豬人，還有其他幾隻獸人，站在蒙哥馬利和莫羅周圍。牠們依舊激動萬分，滔滔不絕地表達著牠們對法的忠誠，十分喧鬧。但我心中堅信，鬣狗豬人和兔子的死脫不了關係。我心中有了一個奇怪的信念，如果拋開那令人厭惡的輪廓、怪誕的身形，我眼前分明是矛盾重重的人生縮影，以最簡單的形式呈現著針鋒相對的本能、理性和命運。豹人碰巧落敗，這便是唯一的不同。可憐的畜生！

那些可憐的畜生！我開始認識到莫羅的殘忍行徑有更邪惡的一面。在這之前，我從未想過這些可憐的受害者離開了莫羅的手之後，依然會遭受痛苦與不幸。以前，我只因那院子裡日以繼夜的折磨而瑟瑟發抖，但此刻在我眼裡，那些有形的折磨已經是次要的了。牠們以前是野獸，牠們的本能完美地適應了周遭，活得很開心。現在，牠們戴著人性的鐐銬磕磕絆絆，活在無窮無盡的恐懼之中，為一堆牠們無法理解的法律而惶惶不安。牠們的存在是對人類滑稽的模仿，以巨大的痛苦拉開序幕，開始了一段漫長的心靈折磨，還要永遠懼怕莫羅。然而，這一切是為了什麼？當中那不計後果的漠然令我心緒難平。

哪怕莫羅有任何一個可以讓人理解的目的，我都能對他生起一點同情。如今我沒有那麼見不得苦痛了。假如他的動機是純粹的恨意，我甚至可以試著原諒他。但他是如此的不負責任，如此徹徹底底的不以為意！驅使他前行的，是他的好奇心，是瘋狂而漫無目的的探索。那些獸人被拋棄到荒野之中，只能再活個一年光景，掙扎、犯錯、受折磨，最終在痛苦中死去。牠們的不幸來自牠們自己。舊時動物本性中的戾氣使牠們互相傷害，法只不過幫牠們遠離了一時的衝動與掙扎，讓那因為天性裡的敵意而早已註定的結局遲一些到來。

在那幾天裡，我對獸人的恐懼像我個人對莫羅的害怕一樣逐漸消逝。我轉而陷入了一種病態。它深切而持久，不同於恐懼，在我心上留下了永久的傷疤。我必須承認，我對這世界的「正常」失去了信心，這座島上創造了無數痛苦的失序，使得「正常」岌岌可危。一種未卜的命運、一個巨大而無情的體制，正在雕刻、塑造著存在之物的構造。我、莫羅（因為他對研究的激情）、蒙哥馬利（因為他對酒的激情）、本性與心靈的束縛相衝突的獸人，被命運複雜無比且永不停轉的車輪無情而不可避免地撕裂和碾壓。但這種狀況並非倏然而至：我在此處談及，確實是提早講述了接下來發生的事。

第十七章 災難

過了不到一個半月，我內心對莫羅臭名昭著的實驗只剩下反感、憎惡。我在想，或許我可以遠離這些可怕的天主形象的仿製品，重回人類之間那親切而有益身心的交往中去。此時，與我相隔千里的同類，在我的記憶中有了田園牧歌式的高尚和美好。蒙哥馬利是我在這裡結識的第一個人，但我們的友誼沒有再進一步發展。他脫離人類太久，有偷偷酗酒的惡習，還對獸人有顯而易見的同情，這使他在我心中有了汙點。我幾次都叫他自己去見獸人，盡可能避免與獸人有任何交流。我在海邊度過的時間越來越長，希望能發現一艘可以解救我的船，但希望中的船並沒有出現，直到有一天，一場駭人聽聞的災難降臨在我們的頭上，使我詭異的周遭變得面目全非。

災難發生時，我登島已有快兩個月，或許更久，不過我實在懶得去記錄時間。它發生在大清早，大約六點。三隻獸人往院子裡搬木頭的聲音吵醒了我，於是我便早早起床吃了飯。

吃了早飯之後，我走到院子開著的大門前，站在那裡抽了一根菸，享受清新的早晨。不一會兒，莫羅拐過院子的一角走過來，跟我打招呼。他從我身邊經過，在我身後，他打開了實驗室的門鎖，走了進去。那時，我對那個令人厭惡的場所已經麻木，所以當我聽見不幸的美洲獅開始遭受新一天的折磨時，內心沒有一點波瀾。看見迫害者時，美洲獅發出一聲尖叫，彷彿悍婦的怒吼。

忽然，有什麼事情發生了——我至今都不知道到底發生了什麼。我只聽見身後傳來一聲短促而尖厲的叫喊，有東西倒在了地上。我一轉身，看見一張可怕的臉龐向我衝過來——不是人，不是動物，卻凶神惡煞。牠的臉是棕色的，布滿了密密麻麻的血紅傷疤，鮮紅的血從臉上滴下，沒有眼瞼的雙眼閃著熊熊火光。我抬起手臂，想擋住猛衝，卻還是一頭栽倒在地，摔斷了小臂。那個裹著紗布棉花、渾身飄舞著鮮紅繃帶的大怪物，從我身上一躍而過，往前跑去。我沿著沙灘，往下翻滾了幾圈。我想坐起來，可是受傷的手臂撐不住，於是又癱倒在地。然後莫羅出現了，鮮血從他的前額流下，使得蒼白的大臉更顯可怕。他一隻手握著左輪手槍，幾乎沒有向我瞥一眼，便直接衝去追美洲獅了。

我試了試另一隻手，終於坐了起來。前面，白布包裹的身影沿著沙灘大步跳躍，莫羅追在牠身後。牠轉過頭，看見了莫羅，猛地用兩倍的速度，朝灌木叢跑去。每向前一躍，牠就拉開一點與莫羅的距離。我看見牠縱身跳進了灌木叢。莫羅斜著跑，想阻截牠。他開了一槍，沒有打中。牠消失在灌木叢中，莫羅也隨即在雜亂的綠叢中不見了蹤影。我正盯著他們看，手臂忽然一陣火辣辣的疼。我呻吟了一聲，搖搖晃晃地站起來。蒙哥馬利出現在院子門口，穿好了衣服，手裡拿著槍。

「老天，普倫迪克！」他說，並沒有察覺到我的傷勢，「那個畜生逃了！把腳鐐都掙脫了！你見到他們了嗎？」忽然，他見我抓著手臂，於是問道：「怎麼了？」

「我那時正站在門口。」我說。

他走上前來，扶起我的手臂。「袖子上都是血。」他說著，捲起了法蘭絨衣袖。他把槍放進袋子裡，按了按我手臂各處，很疼。他領我進屋。「你的手摔斷了，」他說，隨後又說道：「告訴我，怎麼會摔斷的？究竟發生了什麼？」

我跟他說了目睹的一切，說的時候疼得一陣陣地倒抽氣，話都說不完整。他一邊聽我說，一邊靈巧而迅速地給我包紮手臂。他把我的手臂吊在肩膀上，站起來，退了兩步，看著我。

「你會沒事的。」他說：「現在怎麼辦？」

他想了想，走了出去，鎖好院子的大門，離開了一會兒。

我主要還是擔心自己的手臂。方才的事，不過是諸多可怕的事情又添了一件。我坐到躺椅上，坦白說，還對著這座島罵了一頓髒話。受傷的手臂起初還有些麻木，等蒙哥馬利再次出現的時候，已經變成了灼燒般的疼痛。他的臉色十分蒼白，下牙齦露得比以往都要多。

「我找不到他，連個動靜都聽不見。」他說：「他可能需要我的幫助。」他望著我，兩眼無神。「那頭野獸力氣很大，」他說：「牠都把腳鐐從牆上扯下來了。」他走到窗邊，又走到門邊，轉身看我。「我得去找他，」他說：「我還有一把左輪手槍可以留給你。老實說，我不知道為什麼很擔心。」

他把槍拿來，放在我手邊的桌子上，然後就走出去了，空氣中瀰漫著他留下的不安，我也一併被感染。他離開之後，我坐了沒多久，便把槍拿在手裡，走了出去。

那天的早晨一片死寂，一絲風也沒有，海面像拋過光的玻璃，天空中空蕩蕩的，沙灘一片荒涼。我半是焦躁，半是發燒，周圍的寂靜壓在我的胸口。我試著吹口哨，但聲音一會兒便弱了下去。我又罵了一通——那天早晨的第二次了。我走到院子的角落，凝望著內陸那片將莫羅和蒙哥馬利吞沒的綠色灌木。他們什麼時候會回來呢，會怎麼回來呢？正在這時，沙灘高處出現了一隻獸人小小的灰色身影。牠跑到水邊，把海水打得四處亂濺。我漫步到門口，又走回角落，就這樣來來回回地踱步，像一個當值的哨兵。有一瞬間，從遠處傳來蒙哥馬利的聲音，我站住了。「咕——伊[1]——莫羅！」我的手臂沒那麼痛了，卻燙得很。我發燒了，還很口渴。我的影子越來越短。我望著遠處獸人的身影，直到牠又跑開。莫羅和蒙哥馬利會不會再也回不來了？三隻海鳥打了起來，爭奪一個擱淺在沙灘上的寶貝。

這時，我聽見院子後面很遠的地方傳來一聲槍響，安靜了很久以後，又響了一聲。然後，稍近一點的地方響起一聲叫喊，接著又是悲涼的寂靜。我開始胡思亂想，越想心裡越煎熬。忽然，槍聲在很近的地方出現了。我走到轉角，嚇了一跳。只見蒙哥馬利面色緋紅，頭髮凌亂，褲子的膝蓋處破了洞。他的臉上滿是驚愕，身後跟著垂頭喪氣的獸人梅林。梅林左右兩邊的頷骨附近，有一些奇怪的深色汙點。

「他回來了嗎？」蒙哥馬利說。

「莫羅？」我說：「沒有。」

「老天！」他氣喘吁吁，幾乎像在抽噎。「回屋裡去。」他說，拉著我的手臂。「牠們瘋了。牠們都發了狂，到處亂跑。發生了什麼呢？我也不知道。等我喘過氣來再跟你說。有白蘭地嗎？」

蒙哥馬利費力地拖著步子走在我前面，進了屋子，坐在躺椅上。梅林一屁股坐在門口，像狗一樣大口喘氣。我給蒙哥馬利倒了點白蘭地，兌上水。他坐著，呆呆地看著前面，舒緩著氣息。幾分鐘過後，他開始跟我講述發生的事。

他追著他們的蹤跡走了一段。一開始方向很好判斷，因為能看見被踩平、折斷的灌木，美洲獅身上扯下的白布條，灌木和矮樹的葉子上零星的幾抹血跡。但是，當他走過溪流——就是我看見獸人喝水的那裡，來到石頭地上的時候，便一點蹤跡也看不見了。

1 「咕伊」（coo-ee），指引起注意的叫喚聲，源於澳洲原住民在叢林中使用的叫聲。

他只好一邊漫無目的地往西邊走，一邊喊著莫羅的名字。後來梅林找到了他，握著一柄短斧。梅林並沒有目睹美洲獅的逃脫過程，牠一直在砍樹，直到聽見了蒙哥馬利的叫喊才循聲找來。接著他們兩個一起呼喚莫羅。兩隻獸人被吸引過來，窩在矮樹叢中盯著他們。那兩隻獸人的動作和那副鬼鬼祟祟的奇怪模樣，讓蒙哥馬利一陣驚慌。他對牠們喊了一聲，牠們就像犯了什麼錯似的逃走了。蒙哥馬利沒再繼續喊，又毫無方向地在叢林深處徘徊了一會兒，最後決定去獸人的小屋看看。

他發現深谷裡空無一人。

每過一分鐘，他的緊張就增添一分，於是他原路折返。就在那時，他遇上了我登島當晚見到的那兩個手舞足蹈的豬人。牠們嘴邊血跡斑斑，異常激動。當時牠們正衝出一片蕨類植物，一見到他便站住了，臉上還一副凶相。他有些被嚇到了，於是啪地甩了一下鞭子，沒想到牠們朝著蒙哥馬利猛衝過來。從來沒有一隻獸人敢這樣做。蒙哥馬利一槍打穿了其中一隻的頭顱，梅林撲倒了另外一隻，兩人扭打在一起，在地上翻滾。梅林把豬人壓在身下，牙齒咬住了牠的喉嚨。豬人還在梅林的壓制下掙扎，蒙哥馬利也給了牠一槍。不過，蒙哥馬利費了一些力氣，才勸服了梅林跟他繼續上路。隨後，他們便趕了回來，見到了我。回來的路上，梅林突然衝進一片灌木叢，出來的時候追著一隻體型異常短小的虎貓人。這隻虎貓人也渾身血跡，腳上受了傷，一瘸一拐的。牠跑了幾步，發現走投無路，於是猛地調頭。蒙哥馬利——可能帶著些許冷漠吧——開槍打了牠。

「那到底發生什麼事了？」我說。

他搖了搖頭，又呷了一口白蘭地。

第十八章
找到莫羅

蒙哥馬利灌下第三杯白蘭地時，我直接攔住了他。他已經醉得糊裡糊塗了。我跟他說，莫羅一定是發生了什麼嚴重的事，否則不會到這個時候還不回來，我們應該去弄明白，究竟發生了一場怎樣的災難。蒙哥馬利提了一些反對的理由，但都不太站得住腳，最後只好同意了。我們吃了點東西，三個人一起出發。

或許部分原因是當時心裡緊張，我們撲進熱帶地區熾熱又寂靜的午後的情形，至今仍然是一段異常鮮明的記憶。梅林走在最前面，聳著肩膀，奇怪的黑色腦袋左右轉動：先仔細觀察著路的一邊，然後迅速而警覺地轉到另一邊。牠手無寸鐵——遇到豬人的時候，牠把斧子弄丟了。一旦打起來，牙齒便是牠的武器。蒙哥馬利踉踉蹌蹌地跟在後面，雙手插在口袋裡，臉低垂著。他一副昏昏沉沉的樣子，還為了白蘭地的緣故對我繃著臉。我的左臂掛著（**幸好是左臂**），右手握著左輪手槍。沒過多久，我們便順著一條羊腸小徑，穿過了島上蕪雜繁密的草木，朝西北去了。又走了一會兒，梅林停下腳步，警覺起來，整個人都定住了。蒙哥馬利差點一個踉蹌撞上牠，也跟著停了下來。我們仔細一聽，有說話聲從樹林間傳來，腳步聲離我們越來越近。

「他死了。」一個深沉而顫抖的聲音說。

「他沒死。他沒死。」另一個聲音口齒不太清楚，說得很快。

「我們看見了，我們看見了。」又有幾個聲音說。

「喂！」蒙哥馬利忽然喊道，「喂，那邊的人！」

「你喊什麼！」我說，立即抓緊了槍。

一陣安靜之後，枝葉糾纏的叢林間響起嘩啦啦的響聲。一處接著一處，六、七張臉相繼出現——詭異的臉，被詭異的燈火照亮。梅林的嗓子裡發出一聲低吼。我認出了猿人。我方才其實已經聽出了牠的聲音。有兩個是裹著白布的褐臉獸人，我在蒙哥馬利的船上見過。和牠們一起的，還有兩個長著斑紋的獸人，以及那隻背駝得厲害、念誦法律的灰色獸人。牠灰色的頭髮披下，遮著臉頰，粗重的眉毛也是灰色，還有幾縷灰髮從頭頂的中分處垂下，蓋在後傾的前額上。牠體態笨重，臉完全看不見，只有一雙奇怪的紅眼睛露出來，從草葉間向我們投來好奇的目光。

有片刻沒人出聲，然後蒙哥馬利打了一個嗝，說：「誰——說他已經死了？」

猿人向灰髮獸人望去，眼神愧疚。「他死了，」這隻怪物說道：「牠們看見了。」

不管怎樣，牠們很平靜，沒有敵意，看起來驚懼又茫然。

「他在哪裡？」蒙哥馬利說。

「那邊。」灰髮獸人指了一個方向。

「現在還有法嗎？」猿人問：「還必須這樣、那樣嗎？他真的死了嗎？」

「還有法嗎？」裹著白布的獸人重複道：「還有法嗎，第二執鞭人？」

「他死了。」灰髮的獸人說。牠們站在那裡，一齊看著我們。

「普倫迪克，」蒙哥馬利說，用黯淡無光的眼神看向我，「看來他真的死了。」

他們交談的時候，我一直站在他身後。我開始摸清牠們是怎麼一回事了，於是猛地往前一步，站到蒙哥馬利前面，抬高嗓門說：「法的子民們，他沒有死！」梅林將敏銳的目光轉向我。「他換了形狀，換了軀體，」我繼續說：「你們會有一段時間見不到他。他就在——那裡。」我指向高處，「他在那裡看著你們。你們看不見他，但他看得見你們。小心法降下懲罰！」

我直直地盯著牠們。牠們退縮了一下。

「他偉大，他好心。」猿人一邊說，一邊怯怯地望向高處的密林。

「另外那隻東西呢？」我喝問道。

「那隻流血的東西，一邊跑一邊嘶吼、哭泣，也死了。」灰髮獸人說，依舊看著我。

「那還好。」蒙哥馬利咕噥了一聲。

「第二執鞭人——」灰髮獸人又說。

「嗯？」我說。

「說他死了。」

好在蒙哥馬利還有幾分清醒，能明白我為什麼要否認莫羅的死。「他沒死，」他慢吞吞地說：「根本沒有死。跟我一樣，活得好好的。」

「有些人，」我說：「觸犯了法。牠們會死。有些已經死了。現在，帶我們去看看他舊的軀體——他丟棄了那副軀體，因為他不再需要它了。」

「這邊，走在海裡的人。」灰髮獸人說。

就這樣，由這六隻獸人帶路，我們穿過紛亂的蕨草、爬藤和枝幹，朝西北邊走去。這時傳來一聲叫喊，枝葉間一陣稀裡嘩啦，只見一個粉紅色的小矮人尖叫著從我們身邊衝過去。緊接著，出現了一隻窮追不捨的怪獸，身上沾滿了血汙。牠還沒來得及停下追趕的腳步，便撞入了我們一行人之間。灰髮獸人跳到旁邊。梅林一聲嗥叫，朝牠飛撲過去，卻被撞到一邊。蒙哥馬利開了一槍，卻沒打中，於是低下頭，抬起一隻手臂，轉身就跑。我開了一槍，怪物依舊往這邊猛衝；我又開了一槍，距離很近，直接打中了牠醜陋的面孔。子彈穿了過去，牠的臉瞬間被炸得不成模樣。但牠還是越過了我，一把抓住蒙哥馬利，緊緊拉著他，往他旁邊栽去，讓蒙哥馬利也跟著摔了個四仰八叉，倒在牠垂死掙扎的身上。

我身邊只剩下梅林、怪物的屍體和趴倒在地的蒙哥馬利。他慢慢坐起身，迷迷糊糊地看著被打得血肉橫飛的獸人，酒醒了一大半。他急忙爬了起來。接著，我看見灰髮獸人小心翼翼地從樹林間走出來。

「看吧，」我指著獸人的屍體說：「法不是還在嗎？這就是違法的下場。」

牠注視著屍體。「他降下致命的火。」牠用低沉的聲音，念誦著幾句法。其他獸人也圍過來，盯著屍體看了一會兒。

最後，我們繼續往島嶼的西端靠近。路上，我們看見了被撕咬過而殘缺不全的美洲獅。牠的肩胛骨被子彈打得粉碎。離牠大約二十碼遠的地方，我們終於發現了搜尋的目標。

莫羅臉朝下，趴在藤叢中一塊被踩平的地上。他的一隻手腕幾乎被割斷，銀白的頭髮浸在血泊之中。他的頭被美洲獅用腳鐐猛擊了好幾下。身下折斷的藤草也沾滿了血汙。我們找不到他的槍。蒙哥馬利將他翻過身來。在七隻獸人的協助下，我們抬著他，走走停停——他實在很重，回到了院子裡。

夜色漸漸深了。我們聽見兩次獸人的咆哮、尖叫。牠們從我們一行人旁邊經過，卻看不見蹤影。那隻粉紅色的樹懶人出現了一下，盯著我們看了一會兒，然後又消失了。不過我們沒有再遭到襲擊。

在院子的大門口，陪著我們的獸人與我們分別，梅林也去休息了。我們走進去，把門鎖上，將莫羅血肉模糊的屍體抬進後院，放在一堆柴火上。

接著，我們走去實驗室，了結了那裡所有的活物。

第十九章
蒙哥馬利的「公休日」

蒙哥馬利和我將實驗室收拾完畢，洗漱用餐之後，來到了我的小房間，第一次認真地討論我們的處境。那時已近午夜。他的酒醒得差不多了，心裡卻是一團亂麻。他受莫羅的言行影響太深，十分奇怪。我想，他應該從未想過莫羅會死。他在這島上度過了單調的十年，甚至更久，種種習慣已經成了他本性的一部分，而這場災難卻使得這些習慣在頃刻間分崩離析。他說話含糊不清，答非所問，心不在焉地問我一些籠統的問題。

「這個愚蠢的世界，」他說：「真是一塌糊塗！我從來都沒有像樣的生活。真不知道什麼時候能過上。被護士和老師隨心所欲地欺負了六年，在倫敦埋頭苦讀醫學五年，吃的東西差，住的地方爛，穿的衣服爛，還犯了那爛罪、大罪——我那時候知道什麼？然後就匆匆忙忙來到這野蠻的島上。在這裡待了十年！這一切是為了什麼，普倫迪克？這一切是為了什麼，普倫迪克？難道我們是被小孩吹來的肥皂泡嗎？」

這些瘋話實在難對付。「現在我們需要思考的，」我說：「是怎樣逃出這座島。」

「逃出去有什麼用呢？我是個被放逐的人。有哪裡能容得下我呢？你當然沒事啦，普倫迪克。可憐的老莫羅！我們不能把他丟在這裡，任由屍骨被分食。他已經沒個人樣了。再說，還有些善良的獸人，他們怎麼辦呢？」

「嗯，」我說：「這個明天可以處理。我在想，我們可以用柴火搭一個火堆，燒了他的遺體——還有其他那些東西。那些獸人該怎麼辦？」

「不知道。那些由食肉猛獸改造的獸人，遲早都會幹蠢事的。我們總不能把牠們全都殺了，對吧？我想人性不允許這樣做吧？但是，牠們是會變的。牠們一定會變的。」

他就這樣左右搖擺地念叨著，我終於忍不住發了脾氣。

「該死的！」見我有些性急和暴躁，他喊道：「你難道不明白，我所處的困境比你的更糟糕嗎？」接著他站起來，去拿白蘭地。「喝！」他走回來的時候說：「你這個喜歡鑽牛角尖、臉色蒼白、信奉無神論的聖人，喝！」

「我不喝。」我說，坐在那裡冷冷地看著他。燃燒的石蠟發出黃色的光，映著他的臉。他把自己喝成了一副嘮嘮叨叨的悲慘模樣。

我記得他的話無聊乏味，好像永遠也說不完。他東拉西扯，開始用酒後傷感的語氣為獸人和梅林說好話。他說，唯一一個關心他的只有梅林。忽然他想起了什麼。

「我真是該死！」他一邊說，一邊踉踉蹌蹌地站直身體，緊緊抓著白蘭地的酒瓶。憑著剎那間的直覺，我知道他要幹什麼了。「你不能給那個畜生喝酒！」我說著，站起來，面對著他。

「畜生！」他說：「你才是畜生。牠喝酒就像基督徒。別擋路，普倫迪克！」

「看在上帝的分上。」我說。

「別……擋路！」他吼道，忽然掏出他的手槍。

「好吧。」我說，站到了一邊。他伸手去開門閂的時候，我有點想撲到他身上，但一想到我那隻沒什麼用的手臂，還是作罷。「你把自己也變成了畜生。你就去找那些畜生吧。」

他用力打開門，在黃色燈光和蒼白月光交匯的地方，側臉朝著我站在那裡。他的眼窩就像是粗短的雙眉下的兩塊黑團。

「你就是個一本正經、道貌岸然的人，普倫迪克，你這個笨蛋！你總是怕這怕那，想些有的沒的。我們的處境很危險。明天我一定會割了自己的喉嚨的。我今晚要過個該死的公休日。」他轉身，走到月光裡去。「梅林！」他喊道：「梅林，老朋友！」

銀色的月光下，三隻獸人的身影沿著蒼白的海灘走來。一個是裹著白布的獸人，另外兩團黑影跟在後面。牠們停下腳步，凝望四周。然後我看見了梅林弓著的背，牠繞過房子的拐角處走過來。

「喝！」蒙哥馬利喊道：「喝，你們這些畜生！喝了就能變成人！要死，我真是絕頂聰明。莫羅把這給忘了。這才是點石成金的一步。我叫你們喝！」他揮著手中的酒瓶，像是跳著步伐輕快的狐步舞似的，朝西邊走去。梅林走在蒙哥馬利和三隻看不清模樣的獸人之間。

我走到門口。蒙哥馬利停下腳步時，他們已經在朦朧的月光中變得難以分辨。我看見他授予了梅林一口不摻水的白蘭地，五個人的身影融合成了模糊的一團。

「唱！」我聽見蒙哥馬利大喊：「一起唱！『普倫迪克這個老東西！』對，再來一遍：『普倫迪克這個老東西！』」

黑色的一團又分散成五個身影，慢慢地沿著歪歪扭扭的路線，順著綿延著的亮閃閃的沙灘，離我越來越遠。每一隻都在隨心所欲地號叫，喊著侮辱我的話，或是藉著白蘭地這一股從未體驗過的感受，各種出氣、發洩。過了一會兒，我聽見蒙哥馬利喊：「右轉！」牠們便高高低低地叫喊著，跑進內陸漆黑的樹叢中去。牠們的聲音一點一點變弱，最後消失在寂靜之中。

月色燦爛的夜晚又恢復了平靜。月亮已經穿過了子午線，朝西邊落去。今晚是滿月，凌駕於空蕩蕩的深藍色天空中，顯得格外明亮。我的腳邊投著圍牆的影子，一碼寬，墨黑色。往東延伸的海面是一片平平無奇的灰，陰暗神祕。在海和牆影之間，沙子（**火山玻璃和水晶形成的顆粒**）閃閃發光，整片沙灘彷彿鋪了一層鑽石。身後的石蠟燈發出炙熱而緋紅的火光。

我關上門，鎖了起來，走到院子裡。莫羅和他最近的受害者——獵犬、美洲駝和其他可憐的野獸——一起躺在那裡。即使他死狀慘烈，他的大臉卻依然平靜，嚴厲的眼睛睜著，凝望天空中死白的月亮。我坐在水池邊，眼睛盯著那可怕的一團，銀光和不祥的黑影交錯。我開始反覆思考我的計畫。早上，我先搜集一些供給，搬去小船上，然後點火燒了眼前這一堆東西，就可以再次獨自往外海去了。我覺得蒙哥馬利已經救不了了，他其實已跟獸人有五分相似，不適合與人類為伍了。

我記不清我坐在那裡計畫了多久，一定有一小時光景。後來，蒙哥馬利回到了附近，打斷了我對計畫的思考。我聽見一齊發出的叫喊聲，然後一陣混亂的歡呼從高處傳來，朝著沙灘而去——高呼、咆哮、興奮的尖叫，到了水邊才歇下來。騷亂聲起起落落。我還聽見沉重的撞擊聲和木頭被打碎的聲音，但這並沒有困擾到我。參差不齊的吟誦開始了。

我的思緒又回到了逃跑的計畫上。我站起來，拿上燈，走到一間牲口棚裡去找我看見過的小桶。我看見一些餅乾筒，想知道裡面裝了什麼，於是打開了其中一個。我眼角的餘光瞄到一個什麼東西——一個紅色的身影，我立即轉過身。

我的身後只有庭院，在月光下黑白分明，一堆木頭和幾捆柴火上面躺著莫羅和他肢體殘缺的受害者，一個疊著一個。牠們似乎都抓著彼此不放，扭打在一起，好像是想要進行最後的復仇。莫羅的一道道傷口開裂，像夜晚一樣黑，血滴在沙地上，形成一攤攤的黑塊。然後我看見了方才的鬼影，雖然並沒有明白那是什麼——一道紅光靠近，躍動了幾下，跳上了對面的牆。我以為是虛驚一場，想著大概是燈火閃爍的反光，於是轉回身，繼續研究棚裡的儲備。我接著翻找，盡單手之力所能及，找到一些好用的東西後，一件接著一件，放在一旁，作為明天的出航之用。我翻找得很慢，時間飛快地過去。不知不覺，晨光照到了我的身上。

吟唱逐漸平息，取而代之的是喧鬧，然後吟唱重新開始，而後，忽然爆發出一陣騷動。我聽見「還要！還要！」的叫喊聲，像是在吵架，並且還有一聲狂野的尖叫。這些聲音的特點轉變太大，引起了我的注意。我走出棚子，在庭院裡聽。這時，就像是一把刀劃過一片混沌，傳來了一聲槍響。

我立馬跑過我的房間，來到狹小的門口。跑過去的時候，我聽見身後有一些貨箱滑落，撞在一起，玻璃摔碎在牲口棚地上的聲音。但我無暇顧及，一把推開門往外看。

在船庫那邊的海灘上，一堆篝火熊熊燃燒，將點點火花送上微弱的晨曦之中。篝火旁有一群黑影在打鬥。我聽見蒙哥馬利在喊我的名字，於是我手裡握著槍，拔腿就往篝火跑去。我看見蒙哥馬利的槍噴出一條粉紅的火舌，幾乎貼著地面射出。他摔倒了。我用盡所有力氣叫喊，朝空中開槍。我聽見有人喊：「主人！」糾纏在一起的黑影四散，篝火竄了一下，又縮了回去。面前的那群獸人霎時間倉皇而逃，朝沙灘高處跑去。我激動之下，朝著牠們逃竄的背影開槍。牠們消失在了灌木叢中。我這才去看地上的那幾團黑影。

蒙哥馬利躺在地上，灰髮獸人攤開四肢壓在他身上。牠已經死了，但依然用彎曲的爪子抓著蒙哥馬利的咽喉。旁邊趴著梅林，一動不動，脖頸被咬開了，手裡拿著碎了的白蘭地酒瓶的上半部分。篝火旁邊躺著另外兩個獸人，一個沒了動靜；另一個有一陣沒一陣地呻吟著，不時緩緩地抬起頭，隨後又垂下去。

我抓住灰髮獸人，把牠從蒙哥馬利的身上拖下來。我拖牠的時候，牠的爪子好像不情願似的，還拉著蒙哥馬利被扯破的外套。蒙哥馬利滿臉烏黑，幾乎沒了呼吸。我往他臉上灑了一點海水，捲起我的外套墊著他的後腦勺。梅林死了。篝火旁那隻受傷的動物是狼人，絡腮鬍，臉是灰色的。牠躺在那裡，我發現牠的上半身貼在依然燒得通紅的木頭上。這可憐的東西傷得太重，我見牠實在可憐，趕緊給了牠腦袋一槍。另一個是裹著白布的其中一隻牛人。牠也死了。其餘的獸人，都從海灘上逃走了。

我回到蒙哥馬利身邊，跪在他旁邊，罵著自己不懂半點醫學。旁邊的篝火快要熄滅了，只有燒焦的圓木中間通紅，混著燒柴火枝剩下的灰燼。我突然生起好奇，蒙哥馬利哪來的木頭。轉眼間，我發現晨光已經降臨。天空又亮了一點。亮藍的日光中，西落的月亮變得蒼白、暗啞。東邊的天空鑲著紅邊。

忽然，我聽見身後砰的一聲，有東西嘶嘶作響。我轉過頭一看，嚇得一聲大叫，跳起身來。在溫暖的晨曦之下，大股大股的滾滾黑煙，從院子那邊升騰而起。在濃密的黑煙之中，竄起一束束舞動的血紅色火舌。接著茅草屋頂也著了火，扭動的火焰快速地在茅草鋪的斜頂上蔓延開來。一股火苗從我房間的窗口噴出來。

我馬上明白過來發生了什麼事。我想起我曾聽見的玻璃摔碎的聲音——我衝出來救蒙哥馬利的時候，燈被撞翻了。

我滿臉絕望，院子裡的東西一樣也救不出來了。我又想起了自己的逃跑計畫，立即轉身，去看沙灘上停靠兩隻船的地方。船不見了！身邊的沙地上丟著兩柄斧頭，木屑和碎片散落四周，篝火的灰燼在晨光下變得越來越黑，冒著青煙。蒙哥馬利為了報復我，不讓我回到人類當中去，把船燒了！

我怒火中燒，氣得一陣顫抖，差點就想把他那愚蠢的頭給打爛了，只見他無助地躺在我的腳邊。他的手突然動了一下，那麼虛弱、可憐，我的怒氣消散了。他呻吟了一下，眼睛睜了一分鐘。我跪坐到他身邊，抬高他的頭。他又睜開了眼睛，靜靜地望著曙光，然後看向我的眼睛——眼瞼合上了。

「對不起……」片刻之後他費力地說，像是努力地想著什麼。「留下來的，」他低聲說：「這個荒謬的世界留下來的，真是一塌糊塗……」

我聽著他說。他的頭無助地垂向一邊。我想或許喝點酒能讓他有點力氣，可是那裡既沒有酒，也沒有便攜的裝酒器皿。他好像一瞬間變得更重了。我的心一下子就涼了。

我俯下身子，貼近他的臉，一隻手伸進他襯衫的破口裡。他死了。他死的那一剎那，一輪白色的溫熱在比海岬更遠處的東方升起，太陽將四射的光芒灑滿天空，把昏暗的海面變成了一片翻滾著的粼粼波光。就像聖光照在了他死後乾瘦的臉上。

我讓他的頭輕輕地落在我做的枕頭上，站起身來。面對閃著光的荒涼大海，我早已在那可怕的孤獨之地飽受了煎熬。我身後的小島在晨光下一片寂靜，獸人沒了動靜，也沒了蹤影。那堆滿了供給和彈藥的院子，喧鬧地燃燒著，不時猛地躥起幾股火焰，斷斷續續地響著劈啪聲，偶爾還有坍塌聲。濃重的煙霧往海灘高處飄去，離我越來越遠，翻滾過遠處的林梢，朝著溝壑裡的小屋而去。我的身邊是船隻燒焦的殘骸，以及四具死屍。

隨後，從灌木叢裡走出來三隻獸人，牠們聳肩，頭往前伸，笨拙地握緊畸形的手，瞪著好奇而不友善的眼睛，試探似的朝我靠近。

第二十章
獨自和獸人相處

面對這些獸人，面對陷入獸人群之後的命運，我，單槍匹馬——對於斷了一隻手臂的我來說，也只能是「單槍」了。槍在我的口袋裡，已經空了兩膛。還有兩柄用來劈船的斧頭，散落在沙灘上的木頭碎片裡。

身後的潮水慢慢漲高了。除了壯起膽子，沒有別的辦法了。我直直地盯著越走越近的怪物的臉。牠們躲避著我的目光，抽動著鼻子，聞著沙灘上離我稍遠處的屍體。我走了六、七步，撿起被狼人的屍體壓著的血跡斑斑的鞭子，啪地揮了一下。牠們停了下來，看著我。

「敬禮！」我說：「鞠躬！」

牠們遲疑了。其中一隻屈膝了。我重複了一遍命令，心已經提到了嗓子眼，朝牠們走去。

一隻跪下了。接著，另外兩隻也跪下了。

我轉身往屍體那邊走去，臉依舊對著那三隻跪下的獸人，很像演員走上舞臺時面朝觀眾的樣子。

「牠們觸犯了法律，」我說，一隻腳踩在誦法者的屍體上，「牠們被處決了——甚至誦法者也是。就連第二執鞭人也不例外。偉大的法！來看看吧。」

「沒人能逃。」其中一隻一邊說，一邊走過來看。

「沒人能逃。」我說：「所以你們聽命令，按我說的做。」牠們站起來，懷疑地面面相覷。「站在那裡。」我說。

我撿起斧頭，掛在手臂的吊帶上。我把蒙哥馬利翻過身，撿起他還剩兩發的手槍，又彎腰去翻找，在他口袋裡發現了六發子彈。

「抬起他。」我說著，重新站起身，用鞭子指著蒙哥馬利，「抬起他，把他往海邊抬，扔到海裡去。」

牠們走上前，顯然對蒙哥馬利依舊心懷畏懼，但更怕我那啪啪響的血紅鞭子。牠們支支吾吾地猶豫了一陣子。我又抽鞭子又喊，牠們終於小心翼翼地把他抬起來，抬到海灘低處，蹚進閃閃發光、潮水洶湧的大海中。

「往前！」我說：「往前！抬遠點！」

牠們走到海水跟腋下齊平的地方，停住了，望著我。

「扔掉吧。」我說。一大朵浪花濺開，蒙哥馬利的遺體不見了。我的胸口好像有什麼東西緊了一下。

「做得好！」我說，嗓子都喊破了。牠們匆忙又害怕地往回走，來到水邊，身後銀色的海面上，留下兩道黑色的尾波。牠們在水邊停下了，轉過身望向海面，彷彿過了一會兒後，蒙哥馬利就可能會從那裡出現，向牠們尋仇。

「現在，把這些也扔了。」我指著其他屍體說。

牠們小心翼翼地不靠近把蒙哥馬利丟進海裡的地方，抬著四具屍體沿著沙灘斜著走，走了大概一百碼，才蹚入水中，把屍體丟出去。

我看著牠們處理梅林血肉模糊的屍體時，聽見身後傳來輕柔的腳步聲。我迅速轉身，看見離我十二碼的地方，有一個壯碩的鬣狗豬人。牠低著頭，雪亮的眼睛盯著我，粗短的手緊緊握著，貼在身體兩側。我轉過來的時候牠才站住，擺出弓著腰的姿勢，視線看向了別處。

我們就這樣四目相對了片刻。我放下鞭子，抓住了口袋裡的手槍。我想一有藉口就殺了這隻畜生，島上現存的獸人中，最讓人害怕的便是牠。這樣似乎有奸詐之嫌，但我已經下定了決心。其他任何兩隻獸人加在一起，都沒有這隻令我害怕。我明白，牠繼續活命，便是對我生命的威脅。

我用了大概十幾秒的時間鎮定了情緒，然後喊道：「敬禮！鞠躬！」

牠咧嘴吼了一聲，尖牙一閃而過：「你是誰，我憑什麼要——」

或許神經已經有點太緊繃了，我掏出手槍，迅速地瞄準，開槍。我聽見牠一陣狂吠，看著牠往旁邊跑去，不停地變換方向。我知道沒打中，於是用拇指扳下擊錘，準備打第二發。但是牠跑得飛快，還左右跳，我害怕再次失手。牠不時回頭看我。院子依舊燃燒著，牠沿沙灘斜著跑，最後消失在噴湧而出、滾滾而上的濃煙之下。我站在那裡，盯著牠的背影看了一會兒，然後轉身看向那三隻恭順的獸人，示意牠們扔下還抬著的屍體。我走回篝火邊原本放屍體的地方，踢著沙子，直到蓋住所有褐色的血跡。

我擺了擺手，遣散了三個奴隸，走進沙灘高處的灌木叢。我手裡拿著槍，鞭子和斧頭一起塞在手臂的吊帶裡。我孤身一人，很緊張，翻來覆去地想此時此刻的處境。我開始意識到一件很可怕的事情：整座島上，如今已經沒有一個安全的地方可以讓我獨處，讓我休息、入睡。自登島以來，我的精力恢復得很好，但在巨大的壓力之下，我依然很容易緊張、崩潰。我覺得我應該到島的另一邊去，穩固我在獸人中的地位，讓牠們信任我，以確保我的安全。但我沒有勇氣。我返回沙灘，轉向東邊，經過燃燒的院子，走向一處珊瑚沙淺灘向暗礁延伸的地方。這裡，我可以坐下思考，背朝大海，面朝任何潛在的意外。我就那樣坐著，臉頰貼著膝蓋，炙熱的陽光照在頭頂，我心裡有一種說不出的恐懼。我盤算著該如何活下去，活到被搭救的那一刻（**如果真能等來的話**）。我盡可能平靜地分析整個處境，但要撇開情感真的很難。

我開始在心裡研究蒙哥馬利絕望的原因。「牠們是會變的，」他說過，「牠們一定會變的。」還有莫羅，莫羅說了什麼？「那頑固不化的野獸血肉一天又一天地長回來了。」然後我又想到鬣狗豬人。我確信，如果我不殺死那隻畜生，牠一定會殺了我。誦法者死了——真倒楣。牠們現在知道了，我們這些執鞭人也能跟牠們一樣被殺。牠們會不會已經躲在那片蕨草和棕櫚樹的綠叢中，盯著我，等我走到牠們能撲倒我的範圍內？

牠們是不是在密謀對付我？鬣狗豬人跟牠們說了什麼？我的想像越跑越遠，把我拖進了空想而出的恐懼的沼澤。

海鳥的叫聲把我的思緒攪亂了。那群鳥正急急忙忙地往院子那邊飛去，因為有一個黑色的東西被海浪沖上了那邊的沙灘。我知道那是什麼，但我沒膽量走回那裡把海鳥趕走。沿著沙灘，我開始朝相反的方向走，打算繞到島嶼的東端，靠近獸人小屋所在的溝壑，這樣就不必穿越可能有重重埋伏的灌木叢。

大約走了半英里，我發現那三隻臣服的獸人中的一隻，從內陸的灌木叢裡走出，朝我而來。那時，我正因為自己的胡思亂想十分緊張，立即掏出了手槍。即使牠做了一些討好的動作，我也不敢卸下戒備。牠向我走近的時候，也很猶豫。

「走開！」我喊道。

這隻獸人膽怯的樣子，讓人一下子就想到了狗。牠後退了一點，很像聽見命令回家的狗，然後牠停下了，用犬科動物的褐色眼睛乞憐似的看著我。

「走開！」我說：「不要靠近我。」

「我不能靠近你嗎？」牠說。

「不行，走開。」我沒有鬆口，甩了一下鞭子。接著我咬住鞭子，停下來找一塊石頭，把那隻獸人嚇唬走了。

孑然一身的我繞到了獸人聚居的溝壑，躲在溝壑與大海之間的草叢中，那裡野草和蘆葦混雜。我觀察著出現的獸人，試著從牠們的動作和表情中判斷，莫羅和蒙哥馬利的死以及痛苦之屋的毀滅，對牠們有何影響。我如今才明白，我當時的怯懦是多麼愚蠢。要是我有天亮時的那點勇氣，要是我沒有一個人胡思亂想以至於勇氣消退，我或許已經接過了莫羅空出來的權杖，統治了獸人。然而事實是我錯過了那個機會，淪落到了只能領導三隻獸人的地位。

快到中午的時候，有幾隻獸人走過來，蹲在炙熱的沙地上曬太陽。飢餓與口渴在我腦海中頤指氣使地叫喚著，蓋過了恐懼。我走出灌木叢，握著槍，走向那幾個坐著的背影。其中一隻轉過頭來——是狼女——盯著我，其他幾隻也跟著發現了我。沒有一隻打算站起來，或向我敬禮。我實在虛弱、疲憊，因此也沒有堅持，跳過了這一環節。

「我想要食物。」我幾乎是帶著歉意說的，再向牠們慢慢靠近。

「小屋裡有食物。」一隻牛和野豬合成的獸人懶洋洋地說，然後把目光移開了。

我經過牠們，走到幾乎被廢棄、只剩下陰影和臭味的溝壑中。在一個沒有獸人居住的小屋裡，我大口大口地吃著已經長了斑點、開始腐爛的果實。吃完後，我撿了些樹枝和木棍支在小屋的入口，躺了下來，面朝外，手握槍。三十個小時的勞累終於襲來，我陷入了淺睡，希望有意外發生時，這些豎起來的薄弱屏障能在它被移開時發出足夠大的聲音。

第二十一章 獸人退化

就這樣，我成了莫羅博士島上獸人中的一員。我醒來的時候，周圍一片昏暗，包紮著的手臂很痛。我坐起身，還在想自己在哪裡。外面傳來了粗啞的說話聲。然後我發現屏障不見了，小屋的入口敞開著，但槍還在我手裡。

我聽見有什麼東西在喘息，發現是有個東西蜷縮在我身邊。我屏住呼吸，想看清楚那是什麼。牠開始慢慢地動起來，而且沒有要停的意思。接著，一個柔軟、溫暖、潮溼的東西爬上了我的手掌。我全身的肌肉都繃緊了，飛快地把手抽了回來。我被嚇得幾乎要喊出來，不過叫聲被我壓在了喉嚨裡。我這才明白到底發生了什麼事，於是沒有扣動槍上的手指。

「是誰？」我用嘶啞的聲音低聲說，槍對準那邊。

「是我，主人。」

「你是誰？」

「牠們說現在沒有主人了。但我明白，我明白。我把屍體抬進了海裡，喔，走在海裡的人！那些你殺了的人的屍體。我是你的奴隸，主人。」

「你是我在海灘上遇見的那隻嗎？」我問。

「正是，主人。」

這隻獸人顯然很忠誠，否則完全可以趁我睡著的時候對我下手。「很好。」我說著，伸出一隻手，讓牠行吻手禮。我開始明白牠的出現意味著什麼了，頓時膽子大了起來。「其他人呢？」我問。

「牠們瘋了，牠們是傻子。」狗人說。「牠們現在還在那邊說，說什麼：『主人死了。第二執鞭人死了。走在海裡的人跟我們一樣。我們再也沒有主人，沒有鞭子，沒有痛苦之屋了。結束了。我們愛法，會繼續守法；但永遠也不會有痛苦，不會有主人，不會有鞭子了。』牠們這樣說。但我明白，主人，我明白。」

我在黑暗中摸索了一下，拍了拍狗人的頭。「很好。」我重複了一遍。

「不久你就會把牠們都殺了。」狗人說。

「不久，」我答道：「我會把牠們都殺了——再等幾天，等先準備好一些事情之後。除了你覺得應該赦免的，牠們所有人，每一個都要被處決。」

「主人想殺誰就殺誰。」狗人說，語氣裡帶著些心滿意足。

「牠們的罪過會越來越深，」我說：「讓牠們愚蠢地繼續活著吧，直到時機成熟。讓牠們知道我就是主人。」

「主人的決定真是英明。」狗人說。牠那狗的血統自帶圓滑。

「但有一個已經犯了罪過。」我說：「只要我見到牠，就會殺了牠。如果我跟你說『就是牠』，你就撲上去。現在我要到聚集在一起的獸人男女那裡去了。」

狗人走出小屋的瞬間，入口處的光亮被擋住了。我跟著牠站起來，這裡差不多就是莫羅和他的獵犬追捕我的地方。但此時是黑夜，周圍的溝壑裡彌漫著黑色的瘴氣。遠處沒有那陽光照耀、綠植覆蓋的斜坡，而是一團紅色的火。火的前面是駝背的畸形身影，來來回回地移動。更遠處是濃密的樹叢，漆黑一排，樹梢末端像綴了一圈黑色的花邊。月亮剛剛升到溝壑邊沿，島上的火山噴氣口噴出無窮無盡的蒸汽，就像是月亮的臉上橫著的一道槓。

「走在我身邊。」我說著，鼓起勇氣，和牠並排穿過狹窄的通道，沒有去管在小屋裡盯著我們的一個個朦朧的小東西。

火堆旁邊的獸人沒有一個打算向我敬禮，大多數直接明目張膽地忽視了我的出現。我看了一圈，尋找鬣狗豬人。但牠不在那裡。總共大約有二十隻獸人，蹲在那裡，有的盯著火堆，有的在交談。

「他死了，他死了！主人死了！」我右邊的猿人說。「痛苦之屋——沒有痛苦之屋了！」

「他沒有死。」我大聲說：「甚至此刻，他都在注視著我們！」

牠們被我嚇了一跳。二十雙眼睛齊刷刷地看向我。

「痛苦之屋是沒了，」我說：「但還會再有的。至於主人，你們看不見。但此刻，他正聽著你們說話。」

「對，對！」狗人說。

我言之鑿鑿的話語，讓牠們一陣徬徨。動物或許凶猛、狡猾，但只有真正的人才懂得怎麼撒謊。

「包紮著手臂的人說了一件奇怪的事。」其中一隻獸人說。

「這是真的，」我說：「主人和痛苦之屋會再有的。犯法之人必有大禍！」

牠們面面相覷，眼神裡滿是好奇。我表面上擺出冷漠的樣子，開始用斧頭隨意地剁著跟前的地面。我注意到，牠們盯著我在草皮上剁出來的一道道深深的口子。

薩特提出了一個疑問，我回應了牠。接著一個長著斑點的獸人表示反對，在火堆周圍開始了熱烈的討論。我越來越確信，目前我應該是安全了。此時，我說話時不會再因為緊張、激動而接不上氣——一開始話說不順讓我很著急。過了一個小時光景，我已經讓幾隻獸人完全相信我說的話是真的，剩下的大多數也半信半疑。我警惕地留意著我的敵人——鬣狗豬人，但牠沒有出現。偶爾有些可疑的動靜讓我一驚，但我的信心越來越足。然後，月亮不知不覺間已從天頂處落下來，聽我說話的獸人一個個地打起了哈欠（**在漸漸微弱的火光裡露出那怪異至極的牙齒**），隨後一個接一個地離開了，回到了溝壑裡的巢穴中。我害怕寂靜和黑暗，就跟牠們一起走了。我知道，和幾個獸人待在一起，比獨自一人更安全。

以這種方式，我開始了在莫羅博士島上暫居生活的後半段，時間甚至比前半段更加漫長。但從那一晚起，直到暫居生活結束，除了數不清的讓人討厭的細枝末節，以及從未停止的不安帶來的苦惱，只有一件事值得一提。因此，那段時間發生的事，恕我不再記述了。和半人半獸的怪物密切往來的十個月中，我只挑一件至關重要的事來說。我的記憶中留下了許多事可以寫——那些我寧願遺忘的事。但對於整個故事的敘述來說，講那些小事並無助益。

回想起來，我依然記得自己很快就習慣了那些怪物的生活方式，重獲了牠們的信任——這實在奇怪。當然，我跟牠們有過爭吵，也可以給你看看牠們在我身上留下的牙印，但不久，牠們便因為我投擲石塊的把戲和用斧子砍東西的本事，對我有了不折不扣的尊敬。我忠誠的聖伯納犬人聽從我的一切命令。我發現，牠們衡量對方值得多少尊敬，主要基於對方有帶來多少皮肉之痛的能力。說實話，我可以說——希望聽起來不是在炫耀——我在牠們當中有很高的地位。罕有的一次，我很激動，把一兩隻獸人傷得很深，牠們因此對我心懷怨恨，但大多數時候，牠們只在我看不見的地方做做鬼臉，發洩情緒，與我的子彈保持安全距離。

鬣狗豬人一直避著我，我也一直對牠保持警惕。從不離開我身邊的狗人極度憎恨牠，也害怕牠。我至今堅信，這是牠依附於我的根本原因。沒過多久我就明白了，鬣狗豬人嘗到了血的滋味，重蹈了豹人的覆轍。牠在森林中的某處造了一個洞穴，獨自住在那兒。有一次，我試著誘導獸人去追捕牠，但我不夠權威，無法讓牠們為了一個共同目標合作。我幾次三番試圖接近牠的洞穴，想趁牠不注意的時候攻擊牠，但對我來說，牠還是太敏銳，總是能發現我或是繞開我，得以逃生。而牠的存在，也讓森林裡的每條路都變得危險，我和我的盟友不得不小心牠的埋伏。狗人幾乎從不離開我的身邊。

在大概頭一個月裡，獸人和之後的狀態相比，還是有足夠的人性的。除了我犬科的朋友，我甚至還從另外一兩隻那裡感受到了對朋友的那種接納。那隻粉紅色的小樹懶人對我表現出了奇怪的好感，跟著我到處走。猴人卻讓我厭煩，牠自以為憑著有五個指頭，便與我平起平坐，對著我不停地嘰哩咕嚕——說的都是些胡言亂語。只有一點，牠讓我覺得有趣，牠造新詞的本領很厲害。我覺得牠可能以為，急促又含糊地念一些毫無意義的名稱便是語言的正確使用方式。牠把這些話稱作「大想法」，以便區分「小想法」——日常生活中那些正常的話題。每當我說句牠聽不懂的話，牠就會先極力讚美一番，叫我再說一遍，記在心裡，然後走去跟那些沒那麼聰明的獸人一遍一遍地念，東錯一個字，西錯一個詞。牠從不去想簡單易懂的東西。我生造了一些奇怪的「大想法」，專給牠使用。現在想來，牠是我見過最愚蠢的動物。牠極其絕妙地發展出了人類特有的愚蠢，卻沒有丟掉一丁點猴子本性中的愚笨。

這便是我獨自生活在獸人之中的頭幾個禮拜。在那段時間裡，牠們尊崇法所規定的言行，守規矩，整體上還算守禮儀。有一次，我發現又有一隻兔子被撕成了碎片——我覺得是鬣狗豬人幹的，但那是僅有的一次。

直到五月，我才第一次清晰地感受到牠們的言語、姿態中明顯的變化。牠們的發音越來越粗糙，越來越不願意交談。猴人說的胡話多了幾倍，卻越來越難以理解，越來越像猿猴本身的叫喚。其他的一些獸人似乎都開始忘記了怎麼說話，不過那時，牠們還是能聽懂我跟牠們說的話。**（你能想像，曾經清晰而精確的語言，如今聽起來軟弱無力、含糊不定，失去了形式與意義，成了一連串跛行的音符嗎？）**同時，牠們愈來愈難直立行走。牠們顯然對自己感到羞愧，我偶爾還會遇到一兩隻獸人，奔跑的時候腳尖和指尖都著地，無法恢復到直立的姿態。牠們抓握東西愈發笨拙，喝水變成吮吸，進食變成啃咬，這樣的情況越來越普遍。我比以往都要清楚地記起莫羅跟我說的「野獸血肉」是什麼。這些獸人在退化，並且退化得非常迅速。

我驚訝地發現，當中退化得最快的幾隻獸人都是雌性。牠們開始無視為追求得體而設的禁令，而且大多時候是有意違反。還有一些甚至公然違反一夫一妻制。很明顯，法的傳統正在失去威力。這一話題實在令人厭惡，我就不再多說。

我的狗人不知不覺也退化成了狗。一天又一天，牠變得沉默寡言，逐漸用四肢行走，毛髮也愈發旺盛。我幾乎沒有覺察到，我右手邊的同伴，變成了一隻在我身旁步履蹣跚的狗。

隨著無視與無序與日俱增，小路兩邊居住的巢穴——雖然以前也從來稱不上溫馨——變得非常噁心，於是我離開了那裡，來到島嶼的另一邊，在莫羅漆黑的院子廢墟裡，用粗大的樹枝給自己搭了一間小屋。獸人還保留著對這裡的痛苦記憶，因此，這裡還是最安全的地方。

我不可能詳盡地寫下這些怪物退化的每一步，記述人的樣貌如何一天天地從牠們身上消退；如何放棄包紮傷口、包裹軀體，放棄最後一片衣物；毛髮如何重新布滿牠們光溜溜的四肢；牠們的前額如何後傾、面孔前凸。我在孤獨的頭一個月裡，下決心與牠們形成猶如人類之間的親密關係，如今想起來，又是多麼恐怖、多麼令我戰慄。

變化緩慢而必然。不管是對於牠們還是對於我，都沒有對發生退化的過程感到震驚。我在牠們之間走動時依然安全，因為在這個逐漸滑落的過程中，還沒有什麼震盪因素，使得那一天天將人類特徵驅逐出身體的動物本性完全釋放，爆發式地發起更大規模的進攻。但我現在開始害怕，劇變很快就要到來。我的聖伯納犬每天晚上跟著我回到院子那邊。牠為我守夜，好讓我勉勉強強能睡個安穩覺。粉紅色的小樹懶變得害羞，不再跟著我，爬回了樹枝間，過上了天然的生活。我和獸人處於一種平衡的狀態，就像是馴獸師會展出的那種叫作「歡樂大家庭」的獸籠[1]——如果馴獸師不去碰那些獸籠，讓它永遠保持下去的話。

當然，這些動物不會退化成讀者在動物園裡看見的那種野獸，不會變成普通的熊、狼、虎、牛、豬或猿猴。牠們每一隻都依然殘留著一些奇怪之處。莫羅改造每一隻動物的時候，都混入了其他動物的特徵。可能有的主體是熊，有的主體是貓科動物，有的主體是牛，但每一隻都帶著其他動物的色彩，在各自不同的性情裡顯現出一種共通的動物性。那逐漸萎縮的人性依然會不時地令我震驚——這些人性或許是偶爾再次開口說話，或許是前肢出人意料的靈巧，或許是想要直立行走的可憐模樣。

我也一定經歷了一些奇怪的變化。我的衣服像黃色的破布垂掛在周身，破洞處露出曬得黝黑的皮膚。我的頭髮更長了，糾纏在一起。甚至到今天，我的眼睛還是異常明亮，行動間帶著敏銳的警覺。

一開始，我會在南面的海灘上度過白天，等待船的出現，希望、祈禱船的出現。我指望著「吐根號」能隨時間的流逝回到這裡，但船從來沒有出現。我看見五次帆影、三次煙，但沒有一艘船停靠小島。我總是準備好篝火，但毋庸置疑，火山島的名聲會讓人家以為那是火山噴發。

大約到了九月或十月，我開始想造一艘木筏。那時我的手臂已經痊癒，又有兩隻手可以使喚了。起初，我的無能讓我自己都驚訝。我這輩子從未做過木工，或是任何類似的工作。我在樹林裡一天天地試著砍樹、捆紮。我沒有繩子，也找不到任何可以製作繩

1　十九世紀，一些博物館會將不同種類的動物放在同一個籠子裡，展現牠們和平相處的景象。

子的東西。那些茂密的爬藤看起來不夠柔韌、結實，並且憑藉我所受的零零散散的科學教育，我也想不出任何辦法讓它變得柔韌、結實。我花了兩個禮拜多的時間，在院子漆黑的廢墟中翻找，希望能找到釘子和其他散落的金屬零件，或許能派上用場。偶爾會有一些獸人看著我，我一朝牠們喊，牠們便跳躍著跑開。接著雷雨季來臨，暴雨不斷，大大地拖慢了我的工作。但最後，木筏還是製作完成了。

我很高興。但我缺少一點實用意識——這一直是我的禍根——製作木筏的地方距離大海有一英里多。沒等我把它拖到沙灘上，它就已經散架了。或許也是因為沒能成功下水，我才保住了性命，可是當時，失敗的痛苦實在太過強烈，接下來的幾天我都悶悶不樂地待在沙灘上，盯著海水，想過一死了之。

但是，我不是真的想要尋死。後來發生了一件事，真切地警醒了我，這樣一天天地讓時間流逝是不對的。因為每當新的一天來臨，都意味著有了更多從獸人來的危險。

我當時正躺在院牆的影子裡，望向海面，忽然被嚇了一跳——有一個冷冰冰的東西碰到了我腳後跟的皮膚。我猛地四下一看，發現那隻粉紅色的小樹懶對我眨巴著眼睛。牠失去語言能力已經很久了，也很久沒有活動了。小東西細長的毛髮日益繁密，粗短的爪子更加歪歪扭扭。我發現牠的時候，牠發出一陣呻吟，往灌木叢那邊走了一點，回過頭來看著我。

一開始我沒懂，但很快我想到牠可能是想讓我跟著牠走——我便照做了。天氣很熱，我走得很慢。我們走到樹林裡後，牠爬上了枝葉，因為牠攀著爬藤比在地面上行進得更快。忽然，在一塊被踩踏過的地方，我遇上了一番恐怖的景象。我的聖伯納犬躺在地上，死了，牠的屍體旁，蹲著鬣狗豬人，用畸形的爪子掏出抽搐的血肉，一邊啃咬，一邊咧著嘴發出高興的吼叫。我靠近的時候，這隻怪物抬起怒視的雙眼，盯著我的眼睛，嘴唇顫抖著，那嘴唇剛剛還貼著沾滿鮮血的牙齒。牠險惡地低吼了一聲。牠沒有害怕，也沒有羞愧，殘存的一點人性已經消失殆盡。我又往前一步，停下腳步，掏出了我的手槍。我終於跟牠面對面了。

這隻野獸沒有要後退的意思，但牠耳朵後翻，毛髮直豎，身體蜷縮在了一起。我瞄準眉心，開了一槍。我正開槍時，牠立直身體朝我撲來，我像九柱球的球瓶一樣被撞倒在地。牠用殘疾的手緊緊抓住我，撞在了我的臉上。牠這一跳，躍到了我的頭頂。我摔在了牠後半身的下面。幸虧我打中了牠——牠跳起來的時候已經死了。

我從牠骯髒身體的重壓下爬出來，站起身，瑟瑟發抖地盯著牠抽搐的屍體。好歹我已脫離了危險，但我明白，這件事只不過是接連而至的獸性必將復發的先聲。

我堆了一個柴火堆，燒掉了兩具屍體。結束後我意識到，除非我離開這座島，否則我的死只不過是時間問題。除了一兩隻獸人，其他的都已經離開了溝壑，憑著自己的習性在小島的密林中建了巢穴。白天很少有動物潛行，大多數都在睡覺，甚至剛來島上的人會覺得這是座荒島，但到了晚上，空中就傳來牠們的呼號，令人心驚膽戰。我有點想大開殺戒，造些陷阱，或者用刀子跟牠們搏鬥。假如我彈藥充足，就會毫不猶豫地開始屠殺。現在，可怕的食肉動物剩下不到十二隻，最凶猛的幾隻已經死了。在這隻可憐的狗——我最後的朋友——死了之後，我也試著練習在白天睡覺，以便在夜裡保持警戒。我重新造了院牆裡的小屋，入口很窄，任何東西想進來，一定都會發出不小的動靜。獸人失去了生火的技能，對火又害怕起來。我又開始將木棍、樹枝釘在一起，造逃生用的木筏，這一次幾乎是滿懷熱情。

我遇上了無數的困難。我的手非常笨拙（在斯洛伊德[2]普及之前，我的學校生涯已經結束了），但最終還是完成了一個木筏所要求的大多數東西，雖然用了一些笨辦法，走了一些彎路。這次我留意了木筏的結實程度。唯一一個難以逾越的障礙，是我沒有裝淡水的容器，讓我能夠在這片未知的海域漂流。我本想試試製作陶器，但島上沒有陶土。我那時常常沒精打采地滿島遊蕩，想要用盡一切法子，解決這最後一個困難。有時我會爆發怒火，在難以忍受的惱怒之下，對一棵不幸的樹又砍又劈。但我想不到任何辦法。

然後我迎來了那一天，那美好的一天，在狂喜中度過的一天。我看見一艘往西南方移動的帆影。那是一面很小的帆，像是小縱帆船的帆，我立即點起一大堆柴火，站在旁邊，站在火堆的灼熱和烈日的炙熱裡，盯著那帆影。我一整天都注視著，什麼也沒吃，什麼也沒喝，頭暈目眩。野獸來到這裡，瞪著我，好像想要知道什麼，然後又離開了。夜幕降臨時，帆船依舊在很遠的地方，逐漸被夜色吞沒。我一整晚都忙著讓火堆燒得又高又旺。野獸的眼睛在黑暗中閃閃發光，似乎是對所見的一切感到驚奇。天拂曉時，帆

2 斯洛伊德（Slöjd），一八六五年起源於芬蘭的手工教育體系，將手工課作為必修課。這一體系在世界各地得到推廣。

影比昨天近了一點——那是一艘小船上骯髒的四角帆。但它行駛的方式很奇怪。我的眼睛都看得酸了。我極目凝望，不敢相信自己的眼睛。船裡有兩個人，坐在低處，一個在船頭，一個在掌舵。船頭沒有迎著風，它偏了航，斜著漂流。

天越來越亮，我開始朝帆船揮舞僅剩一條破布的外套。但他們沒有注意到我，依舊面對面地坐在那裡，一動不動。我走到海岬的最低處，一邊打手勢，一邊叫喊。沒有應答，船繼續漫無目的地漂著，非常緩慢地朝海灣過來。忽然一隻白色的大鳥從船裡飛出來，兩人都沒有受驚，甚至沒有注意到牠。大鳥繞了一圈，舒展開強壯的翅膀，往我頭頂這邊衝來。

這時我停下了叫喊，坐在海岬的尖角，手托著臉頰休息，盯著海面。慢悠悠地，慢悠悠地，船漂過來了，朝西漂去。我本可以游過去，但有種東西——一種冰冷而模糊的恐懼——阻止了我。下午，潮水將船沖上了岸，離西邊院子的廢墟大約一百碼。船裡的人已經死了。他們死了很久，所以當我把船側過來，將他們拖下船的時候，他們的屍骨都散落了。其中一個人長著跟「吐根號」船長相似的亂蓬蓬的紅頭髮，船底有一頂髒兮兮的白帽子。

我站在船邊的時候，三隻野獸偷偷摸摸地從灌木裡走出來，吸著鼻子朝我走來。我忽然泛起一陣噁心。我將小船推下沙灘，爬了上去。其中兩隻野獸是狼人退化的，抽動著鼻子走過來，眼睛閃閃發光；另一隻是熊和牛合成的，可怕而難以歸類。我看見牠們走近那些悲慘的屍骨，聽見牠們互相吼叫，牙齒的反光一閃而過。噁心變成了令我發狂的恐懼。我轉過身，背對牠們，揚起四角帆，開始划槳，朝海裡駛去。我不敢再回頭多看一眼。

那晚我的船停在暗礁和島嶼之間。第二天早上，我繞到溪流那邊，用船上的空桶裝了滿滿一桶水。然後，我盡可能地沉住氣，搜集了一些果實，用我最後三顆子彈伏擊了兩隻兔子。這期間，我的船繫在往島的方向延伸的一塊礁石上，以防獸人攻擊。

第二十二章　獨自一人

我在傍晚起航，趁著一股西南邊吹來的輕風，往海裡緩慢而平穩地駛去。島越來越小，島上瘦長的煙霧越來越細，逐漸成了火熱的餘暉襯托下的一條線。四周的水面越來越高，擋住了那低低的一團黑影。日光——太陽那蔓延的光輝——逐漸從天空中流散，像發光的簾幕一般被拉到一旁。最終，我看向那一片藏匿了陽光的巨大的藍色海灣，看見了一群一群的星星。大海寂靜，天空無聲。我獨自一人，周圍只有黑夜與沉寂。

我漂流了三天，吃、喝都很節省，沉思著發生在我身上的一切，也沒有很渴望能再次見到人類。我全身只有一片骯髒的破布蔽體，頭髮結成了漆黑的一團。誰要是發現了我，一定會認為我是個瘋子。

現在想想很奇怪，但我當時沒有想過要回到人類社會。我只是很高興自己能遠離獸人的汙穢。第三天，我被一艘從阿庇亞[1]開往舊金山的雙桅橫帆船搭救了。不管是船長還是船員，都不相信我說的故事，認為孤獨和險境令我精神失常。我怕其他人也這麼認為，從此以後不再和任何人說起我的冒險經歷，並且聲稱記不起在「凡恩女爵號」失蹤和被搭救之間的那一年裡，自己發生了什麼事。

我必須十二萬分地留意我的言行，以免別人懷疑我精神不正常。法、兩個死去的水手、黑暗中的埋伏、藤叢中的屍體……這一切回憶歷歷在目。同時，很奇怪的是，當我重返人類社會後，得到的不是我所期望的信任和同情，反而，我在島上經歷過的不安與恐懼變本加厲了。

沒有人相信我。

我在世人眼中，幾乎與我在獸人眼中一樣古怪了。或許我從同伴身上沾染了一些自然的野性。他們說恐懼是一種疾病，不管怎樣，如今看來，一種難以平息的恐懼已在我心中居留了數年，就像是一頭半馴服的幼獅能感受到的那種難以平息的恐懼。

1 阿庇亞（Apia），位於太平洋中南部的港口城市，今薩摩亞的首都。

我的困擾有著奇怪的形式。我無法相信，我遇見的男男女女不是獸人，不是模仿人類靈魂的外在表現而部分改造的動物，無法相信他們之後不會退化，接連顯露出這樣或那樣的野獸痕跡。

但我曾向一個有奇怪才學的人坦承過我的經歷。這個人認識莫羅，似乎有些相信我的故事。他是一個精神病專家，在他的幫助下我好了很多，儘管我並不期望那座島嶼帶給我的恐懼能徹底消失。

大多數時候，恐懼只存在於我腦海深處的角落裡，彷彿只是一團遙遠的雲霧、一段回憶、一陣輕微的疑慮。但有時，這團小小的雲霧會彌漫開來，遮蔽整個天空。那時，我便會看著四周的人類，陷入恐懼之中。我看見許多臉龐，有的清晰明亮，有的灰暗，有的危險，有的模糊不定，有的虛偽……沒有一張臉能平靜地折射出一個理性的靈魂。我覺得彷彿會有一頭野獸從他們之中跳出來，剎那間島民的退化會再次發生，並且規模更大。我知道這是幻覺。我知道周圍這些看起來是男人、女人的動物，確實就是男人、女人，並且永遠會是男人、女人，是完全理性的生物，充滿著人類的欲望和溫柔的關切，不受本能擺布，不受任何古怪法律的奴役——是和獸人完全不同的存在。但我面對他們時，面對他們好奇的目光、面對他們的詢問和幫助，還是會退縮，渴望遠離他們獨處。正因如此，我住在寬廣無人的丘陵地區，一旦黑影漫過我的靈魂，我就能逃到那裡去。天空被風吹得萬里無雲，底下是空曠的丘陵，實在美好。

我住在倫敦的時候，幾乎拿恐懼沒有辦法。我無法從人群中逃開：他們的聲音穿過窗戶進來，鎖上的門也只是一層輕薄的屏障。我會走出去，到街道上去和我的幻覺抗戰。我會覺得有女人在我身後前行，並且喵喵地叫；有男人鬼鬼祟祟，謀畫著什麼，嫉妒地打量著我；疲憊而蒼白的工人咳嗽著從我身旁經過，雙眼倦怠，步伐急促，就像受傷滴血的鹿；老人彎著腰，神情呆滯，一邊走過，一邊喃喃自語；最後面跟著一群衣衫襤褸、只顧著取笑我的小孩。然後我會轉彎，走進某座小教堂——甚至在那裡，我依然心緒難平，布道的人彷彿也在念叨著那些「大想法」，就像猿人那樣；或者走進某座圖書館，那裡一心撲在書上的臉就像是耐心等候獵物的野獸。最讓我反胃的是火車裡和公共馬車上那些漠然而毫無表情的人臉。他們彷彿不是我的同類，而是一具具死屍。因此，除非我能確保自己是獨自一個人，否則不敢乘車出門。但我似乎也算不上是一個理性的動物，只不過是一個腦子被奇怪的失調所折磨的動物，精神被迫游離，就像是一隻患了眩倒病的羊。

但是感謝上帝，這樣的感受如今已經鮮少出現了。我已經遠離了混亂的城市和人群，整日與睿智的書籍為伴——這些書為我們的生命開了一扇明亮的窗，是作者閃耀的靈魂將其點亮。

我很少見陌生人，屋子也很小。我將白天的時日都獻給了閱讀和化學實驗，也在清朗的夜晚研究天文。那群星閃耀的夜空，給我以無限的平靜和安全感，雖然我不知道這兩者以何種形式存在於夜空中，也不知道為什麼會存在。

我想，我們體內那超越動物本性的部分，一定要在廣闊而永恆的萬物之法之中，尋求慰藉與希望，而非在瑣碎的日常、人類的罪過與困擾之中。

我必須要有希望，否則我無法生存。

到這裡，在希望和孤獨之中，我的故事就結束了。

愛德華・普倫迪克

〈莫羅博士的解釋〉一章包含了這篇故事的主要思想，曾作為文學隨筆刊登在一八九五年一月的《星期六評論》上。這是故事中之前唯一發表過的部分。為了使這個部分融入此書的敘事形式，將其全部重寫。

——赫伯特·喬治·威爾斯

譯後記

我們觀看科幻影視時，常常會不由自主地去辨別那些奇特的怪物哪裡像人，哪裡與人類不同。我們會說大肆屠戮的角色「沒有人性」，會在怪物流露出善良時覺得牠可以親近。以人性的尺規去認知世界，大概已經是我們的習慣。

創作於一百多年前的《莫羅博士島》也一樣，以一個「正常」人的視角，敘述了一段離奇而驚悚的經歷，毫不隱諱地探討了人究竟為何為人、科學與倫理、人與自然等母題。我們在閱讀這一段虛構的經歷時，也可以跟著敘事者一起，去辨認他眼中所見的，究竟是人是獸，思考人與獸的界線究竟在哪裡。

一

《莫羅博士島》雖然哲學意味濃厚，但情節本身並不複雜。敘事者愛德華．普倫迪克遭遇船難，流落荒島，認識了從事活體解剖實驗的莫羅博士，以及博士創造的獸人。人性和獸性的二元對立，是小說的核心。

最顯而易見的懸念，是「我」能否在獸人之中活下來，也就是說，獸人究竟有多少人性、會不會傷害「我」。「我」第一次與獸人相遇，是在「吐根號」上看見蒙哥馬利的僕人。雖然他閃著幽光的雙眼喚起了「我」童年的恐懼，但「我」當時並沒有想明白，更多的只是好奇他究竟是什麼人。當「我」來到島上時，陸續見到許多奇怪的人，迷惑不解依舊占據主導。直到「我」獨自來到野外，看見兔子的屍體，恐怖的氛圍才真正瀰漫開來。從這裡開始一直到小說最後，「我」獨自與獸人相處，這種恐懼都沒有消失。

獸人是否真的能變成人的懸念，常常將另一條線索遮蔽。「我」對獸人的恐懼是本能的，除此之外，推動小說發展的另一個重要動機是「我」對莫羅的恐懼。這兩種恐懼的對立，讓人和獸的界線，變得不那麼簡單了。

小說前半部分有一處很有趣的轉折，「我」被不明身分的野獸追趕，好不容易逃回了院子。但當「我」目睹被活體解剖的動物時，「我」第一次意識到了內心的害怕，「猶如一道電光劃過渾濁喧騰的天空」，「我」選擇逃回野外。

在這一刻，對人的害怕遠遠超出了對野獸的害怕。「我」覺得被活體解剖是「比死還要可怕的命途」，會讓自己「淪為一個迷失的靈魂」。在「我」與莫羅言和後，即使莫羅把真相告訴了「我」，「我」也並沒有安心半分。其實在「我」眼裡，冷漠無情的莫羅是沒有人性可言的。

對於博士來說，人性的湮滅是對於科學的盲目追求，或者是尋求社會認可（博士提到過，有了研究成果就告訴倫敦）。這樣的緣由聽起來有些遙遠，但小說的另一個情節，就讓人性的脆弱與游移變得更加現實，讓人和獸的界線，變得有些模糊。

小說開篇，「我」和另外兩人搭上了救生艇，倖免於海難。但飢渴至極時，竟然有人提議犧牲其中一人，給其他兩個人機會。這樣的行為，放到獸人的語境中來看，性質其實是一樣的，都是為了生存而茹毛飲血。這段情節如果不細看，好像只是為了表現「我」的九死一生。但仔細一想，正是有了這樣的經歷，才讓「我」登島後很快就開始懷疑莫羅會對人類做活體解剖，因為在內心深處，「我」對人類，或者說對人性，已經失去了信任。

二

「我」對莫羅的恐懼，起初是害怕自己成為活體解剖的對象。但值得注意的是，在第十六章的末尾有這樣一段議論：

> 我轉而陷入了一種病態……我必須承認，我對這世界的「正常」失去了信心，這座島上創造了無數痛苦的失序，使得「正常」岌岌可危。

可以看出，在接受了獸人的存在之後，恐懼的性質其實悄然發生了轉變。對凶猛的野獸和冷漠的人類的害怕，在「我」看來都是可以癒合的。但這種「失序」，使得「我」對社會失去了信心，因為人類社會和自然界的最大區別，正是人創造的秩序。人的秩序一旦崩塌，人類社會是否會退化？

其實這一問題，在作者創作小說時的維多利亞時代，是社會學界很流行的焦慮。在達爾文提出了天擇的進化論之後，出現了社會達爾文主義，試圖將進化論應用於社會學領域，用「進化」的概念解釋在人類社會內部發生的政治或意識形態的衝突與變革。

藉由「進化」闡發的社會學理論似乎完美地適用於飛速發展的維多利亞時代，正好印證了眼前彷彿永遠在進步的社會。但到了十九世紀末，有學者對此提出了質疑：隨著工業化、城市化的快速推進，貧富差距懸殊、犯罪率上升等社會問題越來越明顯，這是否意味著，人類文明其實也會退化？

小說中，獸人在失去了莫羅與「法」的約束後，不僅是形體，智力也退回了野獸的狀態，最終發生血案。這或許就是作者對當時社會的一種擔憂。作者起初將這樣的擔憂形容為「深切而持久」的「病態」，是在心上留下的永遠的傷疤。

小說的最後一章，專門描繪了這樣的厭世情緒。只要是身處人群之中，「我」就會陷入恐懼，擔心周圍的人會在某一時刻變成獸人；最讓「我」反胃的，是「火車裡和公共馬車上那些漠然而毫無表情的人臉。」此處的恐懼，已經不是小說開頭出自動物本能的害怕了，而是對缺乏溫度的社會的抗拒。

三

好在小說並沒有在絕望中結束。作者藉由敘事者說：

> ……我們體內那超越動物本性的部分，一定要在廣闊而永恆的萬物之法之中，尋求慰藉與希望，而非在瑣碎的日常、人類的罪過與困擾之中。我必須要有希望，否則我無法生存。

這裡的「萬物之法」（eternal laws of matter）耐人尋味。這法則究竟是什麼，作者沒有明說，只是說透過觀察星空或許可以求索。這裡的星空代表的是更廣闊的宇宙，那麼對比之下的「狹隘」，可能既是違反科學規律拼接人獸的莫羅博士，也是無視社會規律只求經濟發展的人類社會。

十九世紀七〇年代，藉由活體解剖動物進行科學研究的觀點傳入歐洲，引起了廣泛的不滿。莫羅博士的「痛苦之屋」就是這種研究手段的化身。從美洲獅的哀號，到目睹活體解剖現場，作者用許多駭人聽聞的細節，表現了活體解剖的殘忍，同時更加突顯了莫羅的冷血無情、不負責任。

莫羅在小說中的形象，不僅是弗蘭肯斯坦那樣瘋狂的科學家，而是接近於上帝，或者說扮演上帝的人。莫羅不僅殘忍地肢解動物，還給牠們制定了「法」，像是在模仿基督教的「十誡」。這或許就是作者對其譴責的哲學或宗教的根源：沒有人可以憑藉自己的理解來左右自然和人類社會的發展。這也是為什麼作者會提到星空，因為人類所能觀察和瞭解到的世界，不過是宇宙中的一粒塵埃。創造獸人不過是一個比喻——以湮滅人性和犧牲自然環境為代價的工業化，與莫羅博士又有何異呢？

「我」最後選擇了孤獨，才獲得了希望。或許作者並不是在提倡避世，而是已經有所預料，小說傳達的觀點與當時社會發展的浪潮必定是格格不入的。身處向上的浪潮之中，個體的出路是閱讀前人留下的智慧，同時不斷尋求更廣闊的「萬物之法」。

二〇二一年二月十八日 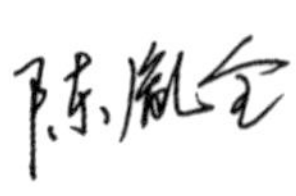

附錄

赫伯特・喬治・威爾斯大事年表[1]

一八六六年（誕生）

九月二十一日，出生於英國倫敦東南部肯特郡布羅姆利（Bromley）的一個貧寒家庭。其父約瑟夫・威爾斯（Joseph Wells）和其母薩拉・尼爾（Sarah Neal）共育有三男一女，威爾斯是最小的孩子。約瑟夫・威爾斯做過園丁，薩拉・尼爾做過女傭。

當時，威爾斯的父母經營著一家店鋪，售賣瓷器和體育用品，但收益甚微。此外，父親還是一名職業板球運動員，效力於肯特郡板球隊，其比賽收入是威爾斯一家的重要經濟來源。

一八七四年（八歲）

意外摔斷了腿，臥床休養期間，父親為他從圖書館借來了各種書籍，這些書籍帶他進入了外面的世界，也

1 由陳震編譯。

激發了他寫作的欲望。他由此養成了閱讀的興趣和習慣。

同年九月起，威爾斯開始在湯瑪斯・莫利商業學校（Thomas Morley's Commercial Academy）就讀，直至一八八〇年六月。

一八七七年（十一歲）

父親大腿骨折，這場意外斷送了他作為板球運動員的職業生涯，也讓威爾斯一家失去了主要經濟來源，而微薄的店鋪收入難以維持生計，生活更為窘迫。於是，威爾斯和幾個哥哥開始進入社會謀生。

一八七九年（十三歲）

十月，母親透過遠親亞瑟・威廉姆斯的關係，為他在伍基（Wookey）的學校安排了學生助教（pupil-teacher，為低年級學生上課的高年級學生）的工作，半工半讀。

然而，同年十二月，威廉姆斯因教學資質問題被學校解雇，威爾斯也只得離開。

在米德赫斯特（Midhurst）附近做過短期藥劑師學徒、在米德赫斯特文法學校（Midhurst Grammar School）當了一小段時間的寄宿生之後，威爾斯與一家布商簽訂了學徒工協議。

一八八〇－一八八三年（十四－十七歲）

在海德氏南海布料商店（Hyde's Southsea Drapery Emporium）做學徒，每天工作十三個小時，和其他學徒住在一間宿舍裡。這段難以忍受的經歷日後啟發他寫下了《命運之輪》（*The Wheels of Chance*）、

《波利先生的故事》（*The History of Mr. Polly*）和《基普斯：一個簡單靈魂的故事》（*Kipps: The Story of a Simple Soul*），這幾部小說描繪了一個布店學徒的生活，並對社會財富的分配提出了批評。

一八八三年（十七歲）

說服父母不再送他去做學徒，再一次得以進入米德赫斯特文法學校，成為學生助教。拉丁語和科學都學得很好，給校方留下了深刻的印象。

一八八四年（十八歲）

獲得助學金，進入位於南肯辛頓的科學師範學院（Normal School of Science，即皇家科學院的前身，如今隸屬於英國帝國理工學院），學習物理學、化學、地質學、天文學和生物學等課程。其中，生物學課程由著名的進化論科學家湯瑪斯．亨利．赫胥黎（Thomas Henry Huxley）任教。

一八八四－一八八七年（十八－二十一歲）

每週能夠拿到二十一先令（一畿尼）的補助金，得以完成學業。

這一時期，威爾斯對社會改革開始產生興趣，加入了辯論社，與他人一起創辦《科學學院雜誌》（*The Science School Journal*），積極表達對文學和社會的觀點，同時開始嘗試寫小說。

一八八七年（二十一歲）

威爾斯沒能在科學師範學院拿到學位（一說是因為在學年測驗中，地質學成績不及格），便離開了學校，在之後的幾年中以教書為生。

一八八八年（二十二歲）

在《科學學院雜誌》上發表短篇小說《頑固的阿爾戈英雄》（*The Chronic Argonauts*），被視為其代表作《時光機器》（*The Time Machine*）的前身。

一八九〇年（二十四歲）

通過倫敦大學外部課程（University of London External Programme），完成動物學的修讀，這時才獲得理學學士學位。

一八九一年（二十五歲）

離開科學師範學院後，威爾斯就沒有了收入來源。他的嬸嬸瑪麗邀請他到她家住一段時間，這解決了他的住宿問題。

其間，他對自己的堂妹、瑪麗的女兒伊莎貝爾．瑪麗．史密斯（Isabel Mary Smith）越發感興趣，隨後向她求愛。他倆於一八九一年結婚。

同年，開始在倫敦大學函授學院教授生物學，一直到一八九三年。教書之餘，為了賺錢，他也為雜誌撰寫短篇諧趣文章等。

一八九三年（二十七歲）

染上了肺出血，休養期間，開始寫作短篇小說、散文、評論，以及科普作品。

第一部著作《生物學讀本》（*Textbook of Biology*）以及與R．A．葛列格里（R. A. Gregory）合著的《向自然地理學致敬》（*Honours Physiography*）出版。

一八九四年（二十八歲）

愛上了自己的學生艾咪．凱薩琳．羅賓斯（Amy Catherine Robbins），與第一任妻子伊莎貝爾分居。

一八九五年（二十九歲）

五月，與艾咪．凱薩琳．羅賓斯（威爾斯叫她簡）搬到薩里郡的沃金（Woking），他們在市中心的梅伯里路租房子，在那裡住了一年半，並於十月登記結婚。這一年半也許是他整個寫作生涯中最具創造力和最多產的時期。

第一部長篇小說《時光機器》出版，頗受讚譽。

同年出版的作品還有《與一位叔叔的對話》（*Select Conversations with an Uncle*）、《奇妙之旅》（*The Wonderful Visit*）、《杆狀菌遭竊及其他事件》（*The Stolen Bacillus and Other Incidents*）。

一八九六年（三十歲）

《紅屋》（*The Red Room*）、《莫羅博士島》、《命運之輪》出版。

一八九七年（三十一歲）

《普拉特納的故事和其他》（*The Plattner Story and Others*）、《隱形人》（*The Invisible Man*）、《某些個人事務》（*Certain Personal Matters*）、《三十個奇怪的故事》（*Thirty Strange Stories*）出版。

一八九八年（三十二歲）

《世界大戰》（*The War of the Worlds*）出版。

一八九九年（三十三歲）

《當睡者醒來時》（*When the Sleeper Wakes*）、《時空故事》（*Tales of Space and Time*）、《愛的對策》（*A Cure for Love*）、《荒國》（*The Vacant Country*）出版。

《當睡者醒來時》開創了科幻小說的一條重要血脈：反烏托邦小說。

一九〇〇年（三十四歲）

《愛情與劉易舍姆先生》（*Love and Mr. Lewisham*）出版。

一九〇一年（三十五歲）

《預測》（*Anticipations*）、《最早登上月球的人》（*The First Men in the Moon*）、《機械和科學發展對人類生活和思想可能產生的作用》（*Anticipations of the Reaction of Mechanical and Scientific Progress upon Human Life and Thought*）出版。後者是他的第一本非虛構類暢銷書。

與第二任妻子簡的大兒子喬治．菲力浦．威爾斯（George Philip Wells）出生。

一九〇二年（三十六歲）

《發現未來》（*The Discovery of the Future*）、《海上女王》（*The Sea Lady*）發表。

一九〇三年（三十七歲）

經英國大文豪蕭伯納介紹，加入英國社會主義團體費邊社。

與第二任妻子簡的小兒子法蘭克．理查．威爾斯（Frank Richard Wells）出生。

《十二個故事與一個夢》（*Twelve Stories and a Dream*）、《陸戰鐵甲》（*The Land Ironclads*）、《形成中的人》（*Mankind in the Making*）出版。

一九〇四年（三十八歲）

短篇小說《盲人國》（*The Country of the Blind*）發表，《神食》（*The Food of the Gods and How It Came to Earth*）出版。

一九〇五年（三十九歲）

《現代烏托邦》（*A Modern Utopia*）、《基普斯：一個簡單靈魂的故事》出版。《現代烏托邦》是威爾斯的第一本烏托邦小說。

一九〇六年（四十歲）

《彗星來臨》（*In the Days of the Comet*）、《美國的未來》（*The Future in America*）出版。

一九〇八年（四十二歲）

《新世界》（*New Worlds for Old*）、《大空戰》（*The War in the Air*）、《一勞永逸的事務》（*First and Last Things*）出版。

因與費邊社領導成員蕭伯納產生分歧，威爾斯退出了費邊社。他的長篇小說《安·維洛妮卡》（*Ann Veronica*）和《新馬基維利》（*The New Machiavelli*）反映的就是他在費邊社時期的生活經驗。

一九〇九年（四十三歲）

作為皇家科學院的校友，幫助建立皇家科學院協會，成為該協會的第一任主席。

女作家安珀·里夫斯（Amber Reeves）為威爾斯生下一女：安納·簡（Anna Jane）。威爾斯與安珀的父母是透過費邊社結識的。當年七月，在威爾斯的安排下，安珀與大律師G·R·布蘭科·懷特結婚。安納·簡到十八歲才得知自己的生父是威爾斯。在貝翠絲·韋伯（Beatrice Webb）對威爾斯的「骯髒陰謀」表示不滿後，威爾斯在小說《新馬基維利》中以貝翠絲．韋伯和她的丈夫西德尼．韋伯（Sydney Webb，兩人均為費邊社核心人物）為原型塑造了一對目光短淺的資產階級操縱者「阿爾蒂奧拉和奧斯卡．貝利」。

《托諾－邦蓋》（*Tono-Bungay*）、《安．維洛妮卡》出版。

威爾斯創作過一系列以《托諾－邦蓋》為代表的反映英國中下層社會的寫實小說，但是知名度不如他所寫的科幻小說。

一九一〇年（四十四歲）

《波利先生的故事》出版。

一九一一年（四十五歲）

《新馬基維利》、《盲人國及其他故事》（*The Country of the Blind and Other Stories*）、《牆上的門》（*The Door in the Wall*）、《地面遊戲》（*Floor Games*）出版。

一九一二年（四十六歲）

《婚姻》（*Marriage*）、《偉大的國家》（*The Great State: Essays in Construction*）、《勞工騷動》（*The Labour Unrest*）出版。

一九一三年（四十七歲）

《戰爭與共識》（*War and Common Sense*）、《自由主義及其政黨》（*Liberalism and Its Party*）、《小型戰爭》（*Little Wars*）、《感情熱烈的朋友》（*The Passionate Friends*）出版。《小型戰爭》制定了微型戰爭遊戲中的基本規則，推動了這類遊戲的發展，所以威爾斯也被遊戲玩家認為是「微型戰爭遊戲之父」。但威爾斯其實是和平主義者。

一九一四年（四十八歲）

威爾斯第一次訪問沙俄。

《一個英國人看世界》（*An Englishman Looks at the World*）、《獲得自由的世界》（*The World Set Free*）、《哈曼先生的妻子》（*The Wife of Sir Isaac Harman*）、《結束戰爭的戰爭》（*The War That Will End War*）出版。

比威爾斯年輕二十六歲的小說家和女權主義者麗蓓嘉·韋斯特（Rebecca West）為他生下一子安東尼·韋斯特（Anthony West）。

一九一五年（四十九歲）

《世界的和平》（*The Peace of the World*）、《恩典》（*Boon*）、《比爾比》（*Bealby*）、《輝煌的研究》（*The Research Magnificent*）出版。

一九一六年（五十歲）

《世界將要發生什麼？》（*What is Coming?*）、《布特林先生看穿了它》（*Mr. Britling Sees It Through*）、《重建的要素》（*The Elements of Reconstruction*）出版。

一九一七年（五十一歲）

《戰爭與未來》（*War and the Future*）、《上帝是看不見的王》（*God the Invisible King*）、《一個有理智的人的和平》（*A Reasonable Man's Peace*）、《一個主教的心靈》（*The Soul of a Bishop*）出版。

一九一八年（五十二歲）

《約翰與彼得》（*Joan and Peter*）、《第四年》（*In the Fourth Year*）出版。

一九一九年（五十三歲）

《歷史是唯一的》（*History is One*）、《國聯的思想》（*The Idea of a League of Nations*，與他人合著）和《通往國聯之路》（*The Way to a League of Nations*，與他人合著）出版。

一九二〇年（五十四歲）

威爾斯第二次訪問蘇俄，在老友、著名作家高爾基的介紹下，受到了列寧的接見；撰寫了《陰影下的俄國》（*Russia in the Shadows*）。

同年，與高爾基的情人莫拉．巴德伯格（Moura Budberg）發生了關係。莫拉和比她年長二十七歲的威爾斯成了情人。

第一次世界大戰期間，完成了歷史著作《世界史綱》（*The Outline of History*），展現了他作為歷史學家的一面。《世界史綱》開創了歷史普及讀物寫作的新紀元，深受大眾歡迎。

一九二一年（五十五歲）

《救助文明》（*The Salvaging of Civilization*）、《新歷史教學》（*The New Teaching of History*）出版。

威爾斯被提名諾貝爾文學獎。

一九二二年（五十六歲）

《華盛頓與和平的希望》（*Washington and the Hope of Peace*）、《心臟的密所》（*The Secret Places of the Heart*）、《世界，其債務與富人》（*The World, Its Debts and the Rich Men*）、《世界簡史》（*A Short History of the World*）出版。

一九二三年（五十七歲）

《神一般的人》（*Men Like Gods*）、《社會主義與科學動機》（*Socialism and the Scientific Motive*）出版。

一九二四年（五十八歲）

《一個偉大校長的故事》（*The Story of a Great School Master*）、《夢想》（*The Dream*）、《預言之年》（*A Year of Prophesying*）出版。

一九二五年（五十九歲）

《克莉絲蒂娜．阿爾貝塔的父親》（*Christina Alberta's Father*）、《世界事務預測》（*A Forecast of the World's Affairs*）出版。

一九二六年（六十歲）

《威廉．克里索爾德的世界》（*The World of William Clissold*）、《貝洛克先生對〈世界史綱〉的反對意見》（*Mr. Belloc Objects to "The Outline of History"*）出版。

一九二七年（六十一歲）

威爾斯的第二任妻子簡罹癌去世。

《遇到修正的民主》（*Democracy Under Revision*）出版。

一九二八年（六十二歲）

《世界的走向》（*The Way the World is Going*）、《公開的密謀》（*The Open Conspiracy*）、《布萊茨

先生在蘭波島》（*Mr. Blettsworthy on Rampole Island*）出版。

一九二九年（六十三歲）

《曾是國王的國王》（*The King Who Was A King*）、《世界和平的共識》（*Common Sense of World Peace*）、《湯米的冒險》（*The Adventures of Tommy*）、《帝國主義與公開的密謀》（*Imperialism and The Open Conspiracy*）出版。

一九三〇年（六十四歲）

《帕厄姆先生的獨裁》（*The Autocracy of Mr. Parham*）、《生命的科學》（*The Science of Life*，與朱利安・S・赫胥黎和G・P・威爾斯合著）、《通向世界和平之路》（*The Way to World Peace*）、《令人煩惱的代表作問題》（*The Problem of the Troublesome Collaborator*）出版。

一九三一年（六十五歲）

《勞動、財富與人類的幸福》（*The Work, Wealth and Happiness of Mankind*）出版。

一九三二年（六十六歲）

《民主制之後》（*After Democracy*）、《布勒普的布勒普頓》（*The Bulpington of Blup*）、《現在應該做什麼？》（*What Should be Done Now?*）出版。

威爾斯第二次被提名諾貝爾文學獎。

一九三三年（六十七歲）

《未來世界》（*The Shape of Things to Come*）出版。

五月十日，威爾斯的著作被柏林的納粹青年焚燒，並被禁止進入圖書館和書店。

同年，莫拉・巴德伯格離開高爾基移居倫敦，她和威爾斯的情人關係又恢復了。威爾斯一再向她求婚，但莫拉堅決拒絕。威爾斯病危時，莫拉在側照顧。

一九三四年（六十八歲）

在德國筆會拒絕接納非雅利安作家入會後，身為國際筆會主席的威爾斯將德國筆會驅逐出國際筆會，激怒了納粹。

威爾斯在拜訪美國總統法蘭克林・羅斯福之後，第三次訪問蘇聯，代表《新政治家》雜誌（*The New Statesman*）對史達林進行了三個小時的專訪。他告訴史達林，這次他看到了「健康人民的快樂面孔」，與他一九二〇年訪問莫斯科時形成鮮明對比。但他也對基於階級的歧視、國家暴力和缺乏言論自由作出了批評。史達林很喜歡這次採訪，並作了相應的回答。作為總部位於倫敦的國際筆會主席，威爾斯希望自己的蘇聯之行能夠贏得史達林的支持——該筆會保護作家「寫作不受威脅」的權利。

《史達林與威爾斯對話》（*Stalin-Wells Talk*）、威爾斯自傳《自傳實驗》（*Experiment in Autobiography*）出版。

威爾斯患有糖尿病，同年成為糖尿病協會（現為英國糖尿病協會，英國最好的糖尿病慈善機構）的聯合創始人。

一九三五年（六十九歲）

《新美國》（*The New America*）出版。

威爾斯第三次被提名諾貝爾文學獎。

一九三六年（七十歲）

威爾斯被推舉為英國科學促進會教育科學分會主席。

《挫折之解剖》（*The Anatomy of Frustration*）、《槌球運動員》（*The Croquet Player*）、《能夠創造奇蹟的人》（*Man Who Could Work Miracles*）出版。

一九三七年（七十一歲）

《新人來自火星》（*Star Begotten*）、《布林希爾德》（*Brynhild*）、《探訪康津》（*The Camford Visitation*）出版。

一九三八年（七十二歲）

《兄弟》（*The Brothers*）、《世界大腦》（*World Brain*）、《關於多洛莉絲》（*Apropos of Dolores*）

出版。

十月三十日，哥倫比亞廣播公司以即時新聞報導的形式在《空中水銀劇場》（The Mercury Theatre on the Air）節目中播出根據《世界大戰》改編的廣播劇。部分聽眾信以為真，將廣播劇誤認為「火星人入侵地球」的新聞，產生恐慌。該事件成為傳播學的經典案例。

一九三九年（七十三歲）

《神賜的恐懼》（*The Holy Terror*）、《一位共和激進分子尋找熱水的旅行》（*Travels of a Republican Radical in Search of Hot Water*）、《人類的命運》（*The Fate of Homo Sapiens*）、《新世界的順序》（*The New World Order*）出版。

一九四〇年（七十四歲）

《人類的權利，或者我們為何而戰？》（*The Rights of Man, Or What Are We Fighting For?*）、《黑暗森林中的孩子》（*Babes in the Darkling Wood*）、《戰爭與和平的共識》（*The Common Sense of War and Peace*）、《為了阿拉拉特，所有人上船》（*All Aboard for Ararat*）出版。

一九四一年（七十五歲）

《新世界指南》（*Guide to the New World*）、《你不可能太過小心》（*You Can't Be Too Careful*）出版。

一九四二年（七十六歲）

《人類的遠景》（*The Outlook for Homo Sapiens*）、《科學與世界思想》（*Science and the World-Mind*）、《費尼克斯》（*Phoenix*）、《沒有經驗的幽靈》（*A Thesis on the Quality of Illusion*）、《時間的征服》（*The Conquest of Time*）、《人的新權利》（*The New Rights of Man*）出版。

一九四三年（七十七歲）

《克魯克斯．安薩塔》（*Crux Ansata*）、《莫斯利暴行》（*The Mosley Outrage*）出版。

一九四四年（七十八歲）

「二戰」快要結束時，盟軍發現，黨衛軍在海獅行動中編列了入侵英國後將立即逮捕的人員名單，威爾斯在列。

《一九四二到一九四四年》（*'42 to '44*）出版。

一九四五年（七十九歲）

《走投無路的心靈》（*Mind at the End of Its Tether*）、《幸福的轉折》（*The Happy Turning*）出版。

一九四六年（八十歲）

八月十三日，威爾斯在英國倫敦病逝。他在一九四一年版的《大空戰》序言中寫道，他的墓誌銘應該是：

莫羅博士島 / 赫伯特．喬治．威爾斯著；陳胤全譯．-- 初版．-- 臺北市：時報文化出版企業股份有限公司，
2022.08；240 面；14.8 x 21 公分．--（愛經典；61）
譯自：The island of Dr. Moreau
ISBN 978-626-335-760-0（精裝）

873.57　　111011918

本書根據 Heinemann 出版社一八九六年版 *THE ISLAND OF DR. MOREAU* 譯出

作家榜经典文库®

ISBN 978-626-335-760-0
Printed in Taiwan

愛經典 0061

莫羅博士島

作者－赫伯特．喬治．威爾斯｜譯者－陳胤全｜編輯總監－蘇清霖｜編輯－邱淑鈴｜美術設計－FE 設計｜內頁繪圖－J illustrator｜校對－邱淑鈴｜董事長－趙政岷｜出版者－時報文化出版企業股份有限公司　108019 臺北市和平西路三段二四〇號四樓　發行專線－（〇二）二三〇六－六八四二　讀者服務專線－〇八〇〇－二三一－七〇五、（〇二）二三〇四－七一〇三　讀者服務傳真－（〇二）二三〇四－六八五八　郵撥－一九三四四七二四時報文化出版公司　信箱－10899 臺北華江橋郵局第 99 信箱　時報悅讀網－http://www.readingtimes.com.tw｜電子郵件信箱－new@readingtimes.com.tw｜法律顧問－理律法律事務所　陳長文律師、李念祖律師｜印刷－勁達印刷有限公司｜初版一刷－二〇二二年八月十九日｜定價－新台幣三五〇元｜（缺頁或破損的書，請寄回更換）

時報文化出版公司成立於一九七五年，並於一九九九年股票上櫃公開發行，於二〇〇八年脫離中時集團非屬旺中，以「尊重智慧與創意的文化事業」為信念。

「我早就告訴你們了，你們這些該死的蠢貨。」

該年，威爾斯第四次被提名諾貝爾文學獎。